NO CALL NO LIFE

壁井ユカコ

角川文庫 15792

CONTENTS

……ザ――………ジ……

ジジ……ジ………ザ……

もしもし。

こちらサンタクロースですが、ただいまトナカイ運転中のため電話にでられません。ご用件をどうぞ。

ピ――

1．ハロー、ハロー。聞こえますか？

佐倉《さくら》の伯父《おじ》さんの家に住んでいた頃、噂《うわさ》によるとNASAがサンタクロースを追跡していた。ちょうど同じ頃、毎年冬になると近所のコインランドリーの前に赤いぼろの服を着て絡《から》まりあった灰色の髭《ひげ》を長く伸ばした老人が現れた。登下校時に見かけるたびに、そのサンタクロースは自動販売機の下の隙間《すきま》を覗《のぞ》き込んだり、通りがかりの小学生に煙草《たばこ》を買いにいかせたりしていた。

当時小学校の高学年だった有海《うみ》はまだサンタクロースなるうさんくさい老人の存在に疑いを抱いていなかったので、彼は組織に追われているからこんなひなびたコインランドリーに身を潜めているのだなあとひどく同情しつつ、百円や二百円を渡してはその年のクリスマスプレゼントをお願いしていた。サンタクロースは受け取ったその小銭で当たり前のように有海に煙草を買いにいかせた。しかしクリスマスプレゼントについては、サンタクロースが言うには、親を仲介《ちゅうかい》してお願いするという決まった手順を踏む必要があるのだそうだ。親がどうしてサンタクロースとのパイプを持っているのかは謎《なぞ》だったが、世間というのはそういうものらしい。有海には両親がいなかったので、毎年有海のぶんのプレゼントを伯父さん夫婦にお願いしてくれるのは従兄弟《いとこ》の航佑《こうすけ》兄ちゃんの役目だった。

有海が中学にあがる頃にはサンタクロースはコインランドリーに現れなくなった。とうとうNASAに捕獲されたのかもしれない。その少し前、近くの公園でホームレスが若者の集団に暴行を受けて死亡したというニュースがあって、いつものなんでもない住宅地が一瞬だけ警察とかマスコミとかで騒がしかった。

まだ両親と住んでいた幼い頃、両親にサンタクロースとのパイプ役を頼んでいたかはわからない。伯父さんの家に引き取られるより前のことを有海はほとんど覚えていない。もう小学校二年生くらいになっていたはずだが、有海の記憶はそこでぷっつりぶつ切れになって、そこから先はごくごく断片的にしか遡《さかのぼ》ることができなかった。

「で、進路指導、結局なんて言われたの？」

有海の懐かしのサンタクロース話はあっさりスルーして、クールな声でチサコが言った。

「かわいそうな子だという目で見られたよ」

斜め後ろから髪の毛を引っ張られ軽くのけぞって答えながら、有海はポカリのペットボトルに口をつける。夏のはじめ、五限の体育ほどキツイものはない。シャワーを浴びてきた甲斐《かい》もなく制服のブラウスが汗でべたついた。プラスチックのベンチの感触が膝《ひざ》上丈のスカートから伸びた腿《もも》の裏に張りつく。

金曜日の午後、私鉄のホームはほどほどに混んでいるが、帰宅ラッシュにはだいぶ早い時間。四人ぶんの座面が並んだベンチの三つを有海が占領し、伸ばした脚を乗っけてくつろいでいた。残る一つには日野《ひの》ちゃんが行儀よく座り、チサコはベンチの後ろに立って有海の髪を結わえてくれている。有海の癖っ毛は毎回体育のあとにはけっこう無惨なことになる。地毛が茶色っぽくてやわらかいので「外人さんの髪みたい」と言われることもあるが、有海からしてみれば日野ちゃんの黒髪ストレートのほうがよほど羨《うらや》ましい。これぞアジアン・ビューティーって感じだ。

進路調査のプリントの『進学／就職』の『就職』の項目に丸をつけ、志望先の欄に『NASA』と書いて提出したら、放課後に担任に呼びだされた。

「そっか、先にパスポートの申請したほうがよかったのかもなあ。アメリカのどっかだよねえ、NASAって」

明日までに真面目に書きなおしてくるようにと突っ返された進路調査票を広げて溜《た》め息をつくと、「間延びした喋《しゃべ》り方やめな。馬鹿に聞こえるよ」と頭の上からチサコの容赦ない突っ込みが入る。「だって馬鹿だしなあ」特に反論する気もなく、空になったペットボトルをあんぐりとくわえて息を吸ったり吐いたりしてぱこぱこさせた。

「有海ちゃんはやればできるのに、やらないだけだよ」

単語帳に目を落としつつ会話に耳を傾けていた日野ちゃんがやんわりした微笑《ほほえ》みを浮かべてフォローっぽいことを言った。小首をかしげると今どきカラーもしていないストレートの黒髪がさらりと肩から落ちる。日野ちゃんはもちろん進学組で、〝やればできる〟どころか〝できるけどやる〟タイプのたいそう立派な学生さんだ。

フォローはありがたいが、〝やればできる〟と〝やらない〟のあいだには越えられない壁があると有海は思う。〝やればできるけどやらない〟は〝できない〟と同義だ。〝頑張る〟というのは一種の才能なのだ。頑張れる人は偉いなあと他人《ひと》ごとのように思ったりする。

高校三年、梅雨《つゆ》の中休みの七月はじめ。ほとんどの同級生はとっくに進路を決めて受験対策に励んでいるが、大学にしろ専門学校にしろ有海には進学の意思はなかった。馬鹿だし、それに佐倉の伯父さんにこれ以上お世話になるわけにはいかないだろうと漠然《ばくぜん》と思っている。高校まで面倒みてもらっただけで十分すぎる。馬鹿だけど馬鹿なりにそれくらいのことは考えているのだった。……靴下脱いでるけど。買い物帰りらしいおばさんが、ローファーとソックスを脱ぎ散らかしてベンチの上に素脚を投げだしているイマドキのジョシコウセイにちらりと横目を送って眉《まゆ》をひそめつつ通り過ぎていった。だって暑いんだもん。

有海たち三人の他にも夏服をだらっと着た高校生たちがホームのところどころで輪を作っていた。体育のあとでTシャツとジャージ姿のまま帰る男子もいる。気怠《けだる》い陽射しをホームの屋根が斜めに切り取ってくっきりした影を落としている。

カバンの中で〝NIKITA《ニキータ》〟の新曲のイントロが短く鳴った。

「あ、メール。航兄《こうにい》かも」

髪を結ってもらっているので頭を固定されて不自然な体勢でローファーと一緒にベンチの下に放りだしてあったスクールバッグに手を伸ばす。ストラップがじゃらじゃらとぶらさがった、白にうっすらと水色のマーブル模様が入った携帯電話には、メーカー的には〝マリンホワイト〟というカラーネームがつけられている。中学の卒業祝いに伯父さんに買ってもらって以来ずっと使っているのでけっこう傷がついてくたびれた感があるが、あまり見かけない色で気に入っていた。

「もう着くって」

端的な文面がいかにも航兄らしい。〝もう着く〟というからには本当にあと一、二分もすれば着くのだろう。メール画面を閉じて液晶のデジタル時計を見ると十六時二八分。約束の時間は十六時半。もう少しアバウトでもいいのになあと思うくらいきっかりだ。

液晶の下隅に〝着信あり〟と〝留守メッセージあり〟のアイコンが現れているのにそのときはじめて気がついた。いつ入ったのだろう。五限の体育のときか、進路指導室に呼びだされているときか。

（また。あの子だ……）

着信履歴に残された発信元の番号に目を落とし、少しためらってから留守メッセージの

再生操作をしようとしたとき、

「有海、できたよ」

チサコの声とともに頭の上からコンパクトミラーを差しだされた。

「留守電？　何？」

「あー、なんでもないなり」

反射的に変な言葉でごまかして携帯を閉じ、ミラーを受け取って覗き込む。

「おぉ」

間抜け面で感嘆する自分が映っていた。肩の下まである癖っ毛はゆるめのおさげにまとめられ、ゴムで結んだ上から毛先の一部をねじって巻きつけてあった。長めの邪魔な前髪も軽くねじって頭の上で留められている。チサコは有海と同じく成績はいいほうではないが、美容師の専門学校を目指している。将来の目的があるってすごいことだ。

「じゃあわたしら、行くよ。ホーム反対だから。日野、行こ」

チサコが有海の手からミラーを抜いてカバンを持ち、「え？」と顔をあげた日野ちゃんをつついて急かす。ベンチに座ったまま有海はチサコを振り仰いだ。

「帰るの？」

「佐倉先輩とでかけるんでしょ」

日野ちゃんが小声で「もうちょっと、佐倉先輩が来るまで」と主張するが、チサコは聞

こえないふりをしてカバンにミラーを放り込み、

「じゃあね。また来週」

と日野ちゃんの袖《そで》を引っ張って歩きだした。

「チサコ、髪、ありがとなり」

首をねじってまた変な言葉遣いになりつつ声をかけると、チサコは軽く振り返って「いいよ。勉強になるから」と頷《うなず》いた。日野ちゃんは最後まで微妙に抵抗して名残《なご》り惜しげにこっちに手を振っていた。有海もふにゃふにゃと手を振り返し、ホームの階段に消えていく二人の制服姿を見送った。

「有海」

二人の姿が階段に消えるのとほとんど同時に背後から声をかけられた。中途半端にまだ片手をあげたまま振り返ると、ベンチの傍らに眼鏡《めがね》の長身が立っている。携帯電話の時計を見ると十六時半ジャスト。血が繋《つな》がった従兄弟《いとこ》だというのに有海とは正反対、相変わらず几帳面《きちようめん》だ。白いポロシャツにカーキのパンツというこざっぱりした私服姿。ワイヤーフレームの眼鏡の奥で気難しげに眉根を寄せると、もともと細い目がさらに細くなる。

「人前でほいほい靴下を脱ぐなよ、お前は」

「体育だったんだよ。八〇〇メートルタイム計ったよ。最悪」

口をとがらせて言い返し、ベンチから脚を降ろして靴下を穿《は》きにかかった。エンジベー

スのタータンチェックのスカートと揃いのエンジのハイソックスをぐいと引っ張りあげながら、

「今、日野ちゃんがいたよ。チサコに髪やってもらった」

「ああ……そう」

故意に素っ気ないような口振りが返ってきて、それが少し胸に刺さった。有海のほうも故意に感情を消した声で続ける。

「まだ返事してないの？」

「まだ」

「ちゃんと考えてる？」

「考えてるよ」

「ふうん。ならいいけどさ」

今ひとつ突っ込みきれないやりとりが続く。

先週、日野ちゃんが航兄に告白した。航兄は大学に入ってからつきあいはじめた年上の彼女と二ヵ月ともたずに別れたところで（女子大との合同新歓コンパで知りあったとかいうイケイケっぽい派手めな彼女で、航兄とはあわないような気が最初からしていた）、日野ちゃんへの返事をまだ迷っているらしかった。日野ちゃんのほうがたぶん航兄とはうまくいく。と思いつつも有海は積極的にあと押しもしていない。イケイケの彼女と航兄が別れたと聞いたとき、内心でほっとした自分がいたことを有海は誰にも言っていない。

安っぽい銀色にきらめく私鉄がホームに滑り込んできた。

「行くぞ。陽《ひ》があるうちに着きたいだろ」

「うん」

あわあわとローファーをつっかけ、携帯電話をカバンのポケットに放り込んでベンチから立ちあがる。ぷしゅうと空気が抜ける音とともにドアがあき、車輛《しゃりょう》から流れでてくる人々と車輛に吸い込まれる人々とが交錯《こうさく》する。つま先に半端につっかけたローファーが脱げかけて人込みの中でつんのめり、

「ふぉ」

奇声をあげると、ドアの縁に足をかけたところで航兄が振り返った。構内アナウンスとともに発車を告げるベルが鳴る。ＪＲのちゃらちゃらした音楽と違って私鉄はまだベルで発車を知らせる。

「急げ、有海」

手を摑《つか》まれて車輛に引っ張り込まれた。固く繋いだ手の感触がひどく熱い。どっちの手が熱いのだろうと考えているうちにふっと手が離れ、若干気抜けして顔をあげると、航兄はもう視線をはずしてあいた座席を探している。

窓の外に広がるのは灰色の薄雲に霞《かす》んだ東京の夏の空。浅い陽射しがそれでも瞼《まぶた》を強く

灼《や》いて目眩《めまい》がした。

＊

1997/12/22 14:50:12　留守メッセージ１件

『ピ――。……あさん、今度はいつ帰ってきますか？　あのね、今年はクリスマスプレゼントいりません。でもサンタさんにお願いがあります。おかあさんとクリスマスがしたいです。ぼくのうちはしおかぜ荘の二階です。サンタさん、きっとクリスマスにおかあさんをうちに届けてください。……まひろより』

最初にその留守メッセージが入ってきたのは去年のクリスマス前のことだった。五限の古典の授業中だった。五限の古典。これほど居眠りにふさわしい時間もない。戸外は寒風が吹いていたが教室は暖房が心地よく効いていて、ただでさえ眠気を誘う古典独特の抑揚《よくよう》の文章を白髪混じりの五十代の先生の眠たげな声がだらだらと朗読する。

カバンの中で盛大に着メロが鳴ってしまったのはそんなときで、「ふあっ」と有海は思わず声をあげて椅子を蹴倒《けたお》してしまい、授業の進行とおそらく少なからずのクラスメイトの午後のまどろみを妨害した。授業中に着信音を切り忘れるのは有海の場合しょっちゅうだ。毎回気をつけようと思うのだがどうしてもどうしても忘れるのである。

机の横に引っかけてあったスクールバッグのポケットに手を突っ込んでとっさに着メロを切った。これが数学のイガちゃんとかだったら間違いなく没収されて、ついでに課題を追加で食らっていたりするところだが、いつも眠そうな古典の年寄り教師は眠そうな目で一度こっちを見ただけで何も言わなかった。

着メロを切ったら切ったで放課後になっても入れなおすのを忘れていて、気がついたのは二日後のクリスマス・イブの夜。

「有海。お前、電話ずっと留守になってる。あとあの変な応答メッセージやめろよ。何、トナカイ運転中って……」

チサコたちと遊んだあと家に帰ってから航兄に言われてようやく思いだした。そういえばここ二日ほど誰からもメールも電話もこなかったような。久しぶりにフリップを開くと、何件かの不在着信とメールの他に、留守メッセージが一件入っていた。

発信元は東京〇三局。メモリに登録されていない番号だし心当たりもない。電波が悪かったのかひどくノイズが混じった中、聞こえてきたのは小学生くらいの子供の声だった。喋《しゃべ》り方の感じからしてたぶん男の子だと思う。

〈サンタさん、きっとクリスマスにおかあさんをうちに届けてください。……まひろよ

り〉

おそらく間違い電話であろうその留守メッセージはそれで終わっていた。

電話の主はそのメッセージが見知らぬ女子高校生の携帯電話に放り込まれてイブまでの二日間放置されていたなどとは思わず、サンタクロースへの願いが届いたと安心して受話器を置いたのだろうかと考えると若干良心が咎《とが》めたが、こっちからかけなおして間違いですよと教えてあげるほどのことでもないと思ったのでそのときはそのままにしておいた。航兄に相談しても「放っておけよ」と一刀両断だった。「こっちからかけなおして、もしその子供以外の家の人間がでたらなんて言うんだ。そちらに小学生くらいの男の子がいますか？　なんて、どう考えても振り込め詐欺《さぎ》の亜流《ありゅう》みたいだぞ」なるほど、そのとおりである。

そもそもサンタクロースはとっくにNASAに捕まっているのだし。

男の子のお母さんはクリスマスにちゃんと届けられたのだろうか。しばらくは頭にちらつくこともあったが、年の瀬も迫る頃にはころっと忘れてしまった。

1998/04/13 15:07:01　留守メッセージ1件

『ピ――。……おかあさん、一学期は飼育係になりました。ウサギ小屋の掃除と餌《えさ》やりが主な仕事です。おかあさん、今度いつ、帰ってきますか……？』

年があけて新学期になり、有海も三年に進級してまもなくのこと、二度目の留守メッセージが入った。相変わらずノイズがひどいが、同じ男の子の声だった。男の子の母親が何をしている人なのか知るよしもないが、どうやらあまり家に帰ってこないようだ。

航兄に言おうかどうか迷ったが、航兄も大学に入ったばかりの忙しい時期で、おまけに新歓コンパで例のイケイケの彼女と知りあった頃だったので、有海のほうからなんとなく切りだせないまま言いそびれた。

ところがそれからも、ぽつぽつとメッセージは入ってきた。

1998/06/15 15:15:39　留守メッセージ1件

『ピ――。……あさん、今日、ウサギが二匹死にました。猫に殺されました。学校の裏の林にお墓を作って埋めました。丸山先生が、こうすればお彼岸の日に帰ってくるんだよって言ったから。……おかあさんは、いつ帰ってきますか……？』

1998/06/22 19:20:12　留守メッセージ1件

『ピ――。……今日、猫が罠《わな》にかかって死んでました。ウサギの隣にお墓を作って埋めました。お彼岸の日に帰ってきたら、ウサギに謝ればいいと思います』

1998/06/23 00:18:45　留守メッセージ1件

『ピ――。あのね、いいこと思いついたよ。お彼岸の日に死んだ人が帰ってくるんなら……おかあさんも、死んでいればいいのにな……』

子供の声で残されたそんな台詞《せりふ》にさすがに少しばかり気味が悪くなり、航兄に無理矢理聞いてもらった。航兄は最初こそ面倒くさそうに電話口に耳を傾けていたが、次第に目を細めて気難しい顔になった。

＊

「俺の電話からかけてみたんだけど」

「どこに？」

「発信元に。あの留守電の」

有海がきょとんとして訊《き》くと航兄はやや苛《いら》ついた顔で補足して、自分の携帯電話をズボンの尻《しり》ポケットからだしてみせた。有海のと違って飾り気のないストラップが一つだけぶらさがった、コスモブラックのフリップ式。片手でフリップをあける航兄の横から有海は液晶画面を覗《のぞ》き込む。電車が揺れて航兄の肩に頬《ほお》をぶつけた。ちらっと視線をあげたが航兄は気にしたふうもない。

学生やサラリーマンがまばらに乗っている、夕方少し早い時間の私鉄城南京浜線。ドアに近い座席の一角に二人並んで腰を落ち着けた。有海はつい癖で靴を脱いで座席の上で膝《ひざ》を抱えている（一応パンツが見えないようにスカートの裾《すそ》は押さえて）。行儀の悪さを見咎める大人がときどきいたが別になんとも思わなかった。そういう視線はなんだか他人《ひと》ごとのような気がする。

目的地は東京都の南の端のほう、という以外に有海は詳しく把握していない。航兄は何気にゴーマイウェイで、これからしようとしていることを有海にわかるように噛《か》み砕いて説明してくれることはめったにない。

「でもなんで航兄の電話でかけたの？　わたしのからすればいいのに」

さっきから質問してばかりで頭の悪い子みたいだが、わからないものはわからないので有海は問いを重ねる。航兄はいつもの癖でワイヤーフレームの眼鏡の奥で目を細めた。それくらいわかるだろうという素っ気ない口振りで、

「なんでって、新手の詐欺とか悪質なスパムとかだったら危ないだろ、お前が」

考えてもいなかった可能性を頭の中で咀嚼《そしゃく》するのに有海は一時《いっとき》ぽかんとして航兄の横顔

を見あげてから、ちょっと挙動不審気味に座席の上でぴょこんと跳ねた。チサコにやってもらった三つ編みが肩の上で一緒に跳ねた。素っ気ないよなあと思わせたかと思えばこういうことを平然と言ってくる。台詞一つ、行動一つ、表情一つに有海だけがいちいち振りまわされていることに航兄のほうはどうせかけらも気づいていやしない。航兄にとって有海は小さい頃に引き取られてきた〝妹〟でしかないわけで……だから有海の友だちから告白されて平然としていられるのだしな。この女泣かせめ（と、心の中で言ってみる）。

有海の胸中など気づいたふうもなく航兄は発信履歴からリダイヤル操作をして電話を片耳にあて、すぐにその電話を有海に突きつけてきた。わけがわからないまま有海は航兄の体温がうっすらと残る電話を耳にあてて小首をかしげる。

『……りません。おかけになった番号は現在使われておりません。おかけになった……』

電話口から流れる抑揚のない女性の声に、首をかしげたまま有海は二、三度瞬《まばた》きをした。わかったか、というように航兄が有海の手から電話を抜き取る。わからない、という顔を有海は当然のごとく航兄に向ける。

「少しは頭を使いなさい。脳の皺《しわ》が減るぞ」

目を細めて航兄は苦々しい溜《た》め息をついた。航兄は受験で頭を使いすぎて脳みそに九十歳のお爺《じい》さんくらいの皺が寄っていると思う。「つまり、お前のところにかかってきてた間違い電話の発信元の番号がそもそも存在してないってこと」

「つまり?」

まだわからない。

「つまり、そんな電話は本来かかってくるはずがないんだよ。解約と契約を繰り返してるとか、わざわざそんな面倒くさいことでもしてない限りは」

「でも」

余計にわからない。

「かかってきたじゃん」

「だからそれがおかしいんだって」

「えー、つまり」

もう一度、もう少し考えてから有海は言う。

「何かがおかしなことになっているということかな?」

「何かがおかしなことになっているということだ」

なんだこの頭の悪い会話はとでも言いたげにワイヤーフレームの奥で航兄の眉間《みけん》の皺が深くなった。「もう一つおかしいことがある。その留守電の着信時間。一九九八年って、十年も前じゃないか。他の着歴の時間は普通だろ、時刻設定が狂ってるわけでもない」

一九九八年——そういえばそうだっただろうか、着信時間なんて細かく見ていなかったが、言われてみればそんなような気もする。「発信元や着信時間を偽装するテクとかあるのかと思って調べてみたんだけど、わからなかった」

「ギソウ？」

「……もういいよ」

諦《あきら》めたように航兄は会話を打ち切り、軽く腰を浮かせて電話を尻ポケットに突っ込んだ。有海は相変わらずよくわかっていない顔で航兄の不機嫌な横顔を見る。わかるのは、なんだかんだ言って航兄が有海のためにいろいろ動いてくれたということで、それはそれで嬉《うれ》しいのだけどやっぱりそれって〝妹〟に対する心配なのだろうなあと思うと複雑な気分になる。

「ったく、何が目的の悪戯《いたずら》なんだか」

「悪戯なのかなあ？」

まあ確かに詐欺やスパムにしては目的もメリットもわからない内容だ。男の子の台詞はいつも同じようなフレーズで終わっている。おかあさんが帰ってきますように。おかあさんはいつ帰ってきますか……？

「そうだ。忘れてた」

あとまわしにしたきり忘れていたことを思いだし、有海は膝と胸のあいだに抱えていたカバンのポケットに手を突っ込んだ。その拍子にパンツが見えているが気にしない。マリンホワイトの携帯電話にぶらさがったストラップがぶつかりあってじゃらじゃら鳴った。

「今日また留守電入ってたよ」

「また？」

航兄が眉をあげ、再生操作をする有海の手から電話を抜き取って自分の手に収めてしまった。電話を持った形に固まった手をそのままに有海は航兄の行動を見守る。

留守メッセージを聞く航兄の表情が、次第に目に見えて険しくなっていった。

「何？　わたしも聞きたい」

訴えて手を伸ばすと、険しい顔のまま航兄が有海の手に電話を返した。「どんどんタチが悪くなってくるな、子供の悪戯にしては」航兄の苦い声を聞き流しながら有海は繰り返し再生操作をし、電話を耳にあてた。軽く首を傾けて再生されるメッセージを聞く。

いつもの男の子の声だった。

……おかしな日付の、使われていないはずの電話番号からの。

1998/07/02 15:40:10　留守メッセージ1件

『ピ――。……今日、ウサギと猫のお墓の隣におかあさんのお墓を作りました。……お彼岸の日に、帰ってきてね、おかあさん。そうしたらもう、どこにもいかないでね。おかあさん、聞こえますか……、おかあさん……』

＊

市内局番で範囲を絞りこんだあと、〝しおかぜ荘〟という名称を頼りに住所を探しあてたらしい。有海が考えつきもしない方法でもって航兄は留守メッセージの男の子が住んでいるところをつきとめていた。といっても現在その電話番号は使用されていないはずなので、その住所に今も誰かが住んでいるのかはわからない。問題の住所に行ってみたらあるいは白骨死体が転がっている、という可能性もないではない。

東京から神奈川にまたがる私鉄城南京浜線の県境、ほとんど神奈川県に片足を突っ込んだ取りたてて何もない駅。そこからバスに乗って十分くらいのところ。すでに有海は自分が今日本地図上のどのへんにいるのか脳内のマッピングが追いついていない。

大きなトラックが行き交う県道と貨物線路に挟まれた、排気ガスに混じって潮の匂いがかすかに漂う埋立地区だった。見るからに昭和築に違いない、朱色の塗装が剝《は》げかけた安っぽい郵便受けが十戸ぶんほど並ぶ二階建てのアパート。給湯機が各戸の戸外に露出している。そこが〝しおかぜ荘〟だった。

航兄の長い脚が外階段をかんかん鳴らしてのぼっていく。投げ込みチラシがぎゅうぎゅうに詰め込まれた郵便受けを何気なく眺めていた有海は慌ててあとに続く。二階の一番奥、二〇五号室のドアの前で航兄は立ちどまって表札を見あげていた。プラスチックの表札にマジックで文字が書かれた形跡があったが、あらかた剝げて判読できない。〝川〟と思われる字がかろうじて読み取れた。

ためらうふうもなく航兄がインターホンを押した。ドアの内側でこもったチャイムの音が聞こえた。少し待ったが、部屋の中で人が動く気配はなかった。

「誰かでてきたらどうするつもりだったのさ」

「宗教勧誘でも装うつもりだった」

有海の素朴な疑問に航兄が飄々《ひょうひょう》と答える。

「まあ誰もでないよ。電気メーターがまわってない。念のため押してみただけ」

ドアの上部に取りつけられた電気メーターにちらりと視線を投げて言い、それから航兄は何をするつもりなのか、ドアの脇にある金属製の細長い扉をあけた。

「な、何やってんの？」

ちょっと引き気味に有海は問う。

「たいていこういうところに……」

独りごちながら航兄は狭い扉の中を覗《のぞ》き込み、「あった」と奥のほうに手を伸ばした。

横から覗いてみると暗闇の向こうに汚れた布が巻かれた配管やバルブが見えた。ちゃりんと金属質の小さな音がして、航兄が片手に持って有海の目の前に掲げてみせたのは、よくあるタイプの銀色の鍵《かぎ》だった。事務的なプラスチックプレートのキーホルダーに『二〇五』と書いてある。

ぽかんとした顔で有海は掲げられた鍵を見あげて、

「なんでそんな裏技知ってんのさ」

「常識だろ」

呆《あき》れて言うと航兄は平然と答えて、その鍵をドアの鍵穴に突っ込んだ。鍵穴がまわる音に有海はつい緊張しつつ航兄の行動を見守る。埃《ほこり》をこする音とともに航兄がドアをあけた。

ドアの向こうは薄暗く、玄関先より奥は見通せなかった。有海が唾《つば》を飲んでいるあいだに航兄はずんずん中へと入っていっている。躊躇《ちゅうちょ》とか緊張とかいう感情が欠落しているんじゃないだろうか。もし万が一中に誰かいたらどうするつもりなのか。

航兄の後ろから有海は薄暗い玄関に踏み入った。ローファーの底がざらついた埃を踏んだ。

長いこと誰も住んでいないらしい、埃っぽい古い空気が停滞していた。手狭な靴脱ぎ場に続いて短い廊下、片側にトイレと思《おぼ》しきドアがあり、廊下の先に部屋が見える。１ＤＫの狭いアパートだった。航兄が当然のように土足であがっていったので、有海も靴を脱がずに廊下にあがった。

ダイニングテーブルが一つと椅子が一脚、ぽつんと取り残されている。それ以外はがらんとしていて、部屋の四隅に灰色の埃が綿になって積もっていた。

小さな身体《からだ》で椅子によじ登って電話をかけている、幽霊のような青白い肌の男の子の姿を想像した。一学期は飼育係になりました——平板な声で、母親がでることはない電話に向かって報告している。ウサギが二匹死にました。猫が罠にかかって死にました。お母さんのお墓を作りました……。

実際には、その部屋は放置されたきり人が住んでいる気配はなく、夏だというのにどことなく寒々とした湿気が肌にまとわりついた。航兄が壁際に膝《ひざ》をついて何かを調べている。電話線を差し込むモジュラージャックがそこにあった。壁に設《しつら》えられた小さな正方形の穴には油が混じった埃が入り込んでいた。

無意識に、カバンのポケットに入れた携帯電話の感触を確認し、ふいに悪寒を覚えて手を離した。聞こえるはずのない電話のベルの音が耳の奥で鳴りはじめる。

つんとした臭いがかすかに鼻をついた。実際に今ここにある臭いなのか記憶が掘り起こされたのかはわからない。メントールの刺激臭。

駄目だ——。

頭の中で何かが拒絶反応を示した。

メントールの臭いと、電話のベル。

航兄が壁際から立ちあがった。有海はようやく〝何かがおかしなことになっている〟事態を実感として飲み込んで航兄を見あげた。

間違い電話で残された、ノイズのひどい留守メッセージ。ウサギと猫と母親のお墓を作ったと淡々と報告する男の子。けれどその電話番号は『現在使われておりません』。その番号が存在していたはずの部屋には何年も人が住んでいる気配がない。

……それじゃあいったい、あの間違い電話はどこからかかってきていたんだ？

電話のベルが耳の奥で他に何も聞こえないくらいに拡大されて鳴り響きはじめる。目に映る部屋の景色がちかちかした。

「航……」

声を押しやって、喉《のど》に異物がこみあげてきた。

今日は何を食べたんだっけか、猛スピードで差し迫ってくる緊急事態から逃避するように妙に間延びしたことを考える。今日のお昼は売店のあんパンとカレーパン。うわ、よりにもよってカレーかよ。あんなもの食べるんじゃなかった——。

考えた直後、有海は口を押さえて身体を折った。

「有海？」

航兄の呼ぶ声が、壁を挟んでどこか遠くのほうから聞こえた気がした。

メントールの臭い、鳴りやまない電話のベル。昼に食べたカレーパンの味が口の中に広がった。

＊

「ほら。水」

ミネラルウォーターのペットボトルをひやりと頬にあてられた。すでにキャップがあけられているそれを有海は受け取ってひと口含み、

「吐いていいぞ」

「う」

口をすすいだ水を足もとに吐きだした。残りは普通にごくごくと飲む。冷えたミネラルウォーターが心地よく喉を通った。

潮の匂いを濃く含んだ湿った風が吹いてくる。あの古アパートから十五分ほど歩いたところに、海に面した埠頭《ふとう》公園があった。コンクリートの防波堤で切り取られた東京湾が前方に横たわっている。背もたれのないベンチがいくつか間隔をあけて並べられ、散歩中らしい老人や男女の二人連れがぽつぽつと座っていた。陽が傾いてだいぶ涼しくなり、透明なミネラルウォーター越しに見える東京湾が濁《にご》った青灰色に沈みつつある。

「悪かったよ。無理に連れてって」

ベンチに並んで座った航兄に髪の毛をくしゃっと撫《な》でられた。申し訳なげな様子に有海

は条件反射でへらへら笑ってしまう。

「へーきへーき、平気なりよ。いや、久しぶりに吐いたね。はははは」

隣で東京湾を見据える航兄の横顔がぴくりとも笑わないので有海のふやけた笑いは行き場を失った。海風が気まずい空気をゆるゆると運ぶ。

「ごめん、航兄」

ぽろっと謝る。航兄はそれについては何も言わなかった。

「電話、解約しろよ」

「やだなあ……。今の番号やっと覚えたのにな」

気味は悪かったが気が進まない。機種も気に入っているし、伯父《おじ》さんが買ってくれたものだし。

佐倉の伯父さんの家に引き取られてすぐの頃、有海は何かにつけてよく吐いた。伯父さんの家は共働きで伯母《おば》さんもあまり家にいなかったので、そのたびに一つ上の従兄弟《いとこ》である航兄が洗面器を持ってきてくれたり、汚れた服やカーペットの後始末をしてくれた。その頃から有海は実の妹みたいに航兄にひっついてまわっていた。

「おにいちゃーん」

自分の思考と被《かぶ》さって、ふいに女の子が呼ぶ声が聞こえたので驚いた。

近所の子だろうか、暮れた東京湾を背景に、四、五人の子供たちが防波堤にのぼって花火をやりはじめていた。青灰色の海にぱちぱち、ぱらぱらと火花がはぜる。子供たちがはしゃぐ声が遠く聞こえる。今の声の主だろう、年上の男の子にしきりとひっついてまわっている女の子がいて、なんだか昔の自分を彷彿《ほうふつ》とさせた。〝航佑兄ちゃん〟が〝航兄〟に変わったのはいつだったか。

「俺もコーヒーでも買ってくる。すぐ戻るから」

航兄が言い残してベンチを立った。ミネラルウォーターをちびちびやりながら有海はそれを見送り、防波堤ではしゃぐ子供たちの様子に何気なく再び視線を流す。漂ってくる火薬の匂いが夏の夜を感じさせる。

なんであんなに吐く子供だったのか、思いだそうとするとやっぱり吐き気がして視界がちらついた。漠然と記憶に引っかかるのは、メントールの臭いと電話の音――夜の東京湾がマリンブルーとダークグレイに分離してちかちか瞬《また》きはじめる。これ以上考えるのはまずいと脳内で警報が発令され、思考を無理矢理遮断した。

「おーい」

花火で遊ぶ子供たちの声が聞こえる。

「おーい。危なーい」

声が近づいてくる。

「危なーい」

視線をあげた。子供たちが防波堤から飛び降りて手を振っている。

「危なーい」

再三の呼びかけに、こっちに向かって何かしら注意を促《うなが》しているらしいとようやく気がついたときだった。

しるるるるという高速の回転音とともに、円形の物体が火花を散らしてアスファルトを滑ってきた。「ふあっ？」声をあげて有海は反射的に両足を跳ねあげ、その拍子に後頭部からもろにベンチの後ろ側にひっくり返った。しるしるいう謎の物体が火花の尾で円を描きながらベンチの下を滑り抜けていった。

「すいませーん。大丈夫？」

声とともに子供たちの足音が駆け寄ってくる。無様にひっくり返って頭をもたげると、灯《とも》りはじめた外灯を逆光に受けて複数の頭がひょこりと覗《のぞ》き込んできた。ベンチに靴だけ乗せた格好で仰向《あおむ》けにひっくり返っているのでスカートがめくれてパンツ丸見えになったまま有海はまだ事態を把握できずに固まっているだけ。

「あのう、大丈夫？　どこかぶつけた？」

「ふぉ、へーき。へーき」

一人の男の子が心配そうに訊《き》いてくるのでしどろもどろに答えた。とりあえずパンツをなんとかしたいかもしれないがまだひっくり返っている。

「よかった。これこれ。びっくりした？」

人懐《ひとなつ》こい感じで笑って男の子がつまんで見せたのは、紐状《ひもじょう》の花火を環状にひねった手のひら大の物体だった。いわゆるネズミ花火というやつだ。

「おねえさん、暇《ひま》？　一緒にやる？」

「いや、あまり暇じゃない……」

「ハルカワぁ、この子、一緒にやってもいいよね？」

いや、暇じゃないって。人の話を聞いたもんじゃなく男の子は防波堤に向かって声を張りあげた。

「おー。いいよ？」

防波堤のほうから誰かの声が戻ってくる。駆け寄ってきた子供たちがいっせいにわあと声をあげてそっちに駆け戻っていく。小学生くらいの男の子にこの子呼ばわりされた有海はようやくベンチに這《は》いあがってめくれたスカートの裾《すそ》を引っ張り戻していたが、男の子に手を取られてなし崩し的に花火の輪に引っ張っていかれた。

子供たちの輪から少しはずれたところに、ハルカワと呼ばれたひょろっとした背の高い人物が座っていた。子供たちの保護者だろうかと思ったが、茶髪を通り越して金に近い色に脱色した髪、耳にはピアスという有海の高校にいてもおかしくない感じの若い男の人だった。防波堤の上でヤンキー座りして、口にくわえた煙草の先で〝日本人の心の友〟線香花火に火をつけている。

有海のほうは男の子に棒状の花火を持たされて、なんとなく視界の端にハルカワの姿を入れながら少し離れたところに膝《ひざ》を折った。夜の東京湾に向かって青白い火花がしゅわしゅわと噴きだす。背後ではロケット花火ではしゃぐ子供たちの声が聞こえている。オレンジ色の小さな炎がひゅうと笛が鳴るような音とともに視界を横切り、放物線を描いて海へと吸い込まれていく。ロケット花火は絶対に人に向けてはいけませんということをあのガキどもが知っていますようにと思った。

(この臭い……)

ローファーの底でコンクリートをこすってもう少し距離をあけた。

メントールの煙草の臭い。カレーパンの味が微妙に喉《のど》の奥に甦《よみがえ》る。

「なんで距離取るの？」

ふいに言われてついびくっとして隣を見ると、例の金茶色髪のハルカワがこっちに横目を向けていた。態度も格好も不良っぽいが、心持ち垂れ目がちでどっちかというとかわいい感じの顔立ちをしている。くわえた煙草がいまいち似合っていなかった。

「べ、別に」

「その制服、三島南？」

唐突に変わった話題に戸惑いつつ有海は頷《うなず》く。

「ふうん」

意味深なような意味のないような相づちを打ったきりハルカワは線香花火の先に視線を落としてしまった。ぶつ切れの会話にどうにも居心地が悪くなったので有海のほうから話題を探す。

「このへんの人？」

「違うけど、ときどき遊びにくる」

「……ふうん」結局会話はぶつ切れになる。

「あっち」

と、ハルカワが腕をあげてどこかを指差した。水平線を指の先でなぞるように腕を巡らせる。海に向かって左のほうに桟橋と思しき細長いコンクリートが横たわっていた。キリンみたいな形をしたオレンジ色のクレーン群が桟橋のぼんやりとした灯《あか》りに照らされて夕闇に浮かびあがっている。

「コンテナ埠頭《ふとう》」

「コンテナ埠頭？」

「いろんな国から荷物を積んできたタンカーが停まるところ」

「へえ。そうなん」

相づちを打ったものの興味のない有海にしてみればだからなんなのかという気がしたが、

ハルカワは説明できてなんだか満足げだった。変な奴だ。

しばらく沈黙が降りる。ハルカワの手もとで線香花火の火花が次第に弱くなり、火の玉がぽとりと落ちた。防波堤のコンクリートの上であっという間にそれは小さな黒い灰の塊になる。「あー」名残り惜しげに溜《た》め息をついたあと、ハルカワが前触れなく腰をあげたので、有海はつい身を引いて不審な視線を向けてしまった。そんな有海を一瞥《いちべつ》しただけで、ハルカワは有海の背後で花火セットの袋をがさごそしはじめた。

「暗くて見えない……センコーハナビ、センコーハナビ……」

どれだけ線香花火が好きなのか。くわえ煙草で独りごちる声を背中に聞きながら、有海はぎこちなく身を硬くしていた。メントールの煙草の臭いにあてられてまた視界がちらついてくる。耳の奥で電話のベルが耳鳴りみたいに響きはじめた。気持ち悪い。吐き気がする。

「おい」

電話のベルの壁の向こうから声が聞こえる。ぎゅっと目をつぶって視界を閉ざし電話の音を耳から追いだそうとする。

「おいってば」

唐突に肩を摑《つか》まれた。

「電話鳴って」

「やっ」

反射的に有海は身体をねじってその手を振り払い、勢いあまって尻《しり》もちをついた。じゅっと何かが焦げる音。持っていた花火が手からはじけとんだ。防波堤に座り込んだままとっさに何が起こったのか把握できずに唖然《あぜん》とする。

焦げた臭いが鼻をついた。

どこかで〝NIKITA〟の着メロが鳴っている。ダウンロードしたばかりの新曲——ベンチに置いてきた有海のカバンの中からだった。夕闇の下で緑色の着信ランプが花火みたいにちかちかと灯《とも》っている。はじけとんだ棒状の花火がコンクリートに落ちてまだしゅわしゅわと青い火花を噴いていた。

「ハルカワ、大丈夫？」

さっきの男の子が駆け寄ってきた。座り込んだ有海の足の先で、ハルカワがうずくまって右手の甲を左手で押さえていた。まわりで遊んでいた他の子供たちも騒然として次々にハルカワのもとに集まり、「ハルカワ」「ハルカワ」と声をかける。小さな女の子は半べそをかきはじめている。左手をどかしたハルカワの手の甲にみみず腫《ば》れのような焼け爛《ただ》れがくっきりと刻まれていた。

「あ、ご、ごめん……」

掠《かす》れた声で言いながら有海は指の先が震えてくるのを感じた。〝NIKITA〟のアップテンポの着メロが遠くでまだ鳴っている。

ハルカワはしげしげと自分の手の甲を見おろしたあと、心配そうに見守る子供たちをぐるりと見まわし、それから有海のほうに視線を向けて、

「へーきへーき」

へらっと笑ってそう言った。泣きだしている子もいるというのに、当のハルカワは本当に自分の状態をわかっているのか疑わしいほど平然としたものだった。張りついた笑顔がどことなく空虚で平板に見えて、現実と一センチばかりずれたような奇妙な違和感を覚えた。

違和感というよりは、既視感というか。誰かに似ているような気がする。誰だったっけ……。

「有海」

着メロがやんだ。コスモブラックの携帯電話と缶コーヒーを手にした航兄がベンチのほうからこっちに駆け寄ってくる。「お前、どこに行ったのかと。カバン置きっぱなしだし……」言いかけて航兄は足をとめ、ハルカワの金茶色の頭に視線を向けた。しゃがみ込んだままハルカワも航兄を振り仰ぐ。

「春川？」

航兄の声に有海は目をぱちくりさせた。航兄の顔をまじまじと見あげたあとハルカワの

ほうも間延びした声で問い返した。

「あー？　佐倉？　何、久しいね」

「久しいっていうか、こんなところで何やってるんだ」

「知ってるの、航兄」

事情が飲み込めない有海が口を挟むと航兄はいったん有海のほうを見て、「ああ、高校んときの同級で……、って、春川お前、何その火傷《やけど》っ」と、言っているうちに視覚が脳に追いついたのか唐突にハルカワの右手の火傷を見咎めて顔色を変えた。

「痕《あと》残るぞ、冷やせ！　有海、水！」

「ふぉ、そっか。そう。水だね」

言われて今さら気がついたが、タイミングを逸《いっ》して今ひとつ緊張感なく有海はきょろきょろと周囲を見まわした。ベンチのところにペットボトルを置いてきたことを思いだして腰を浮かせようとしたとき、

「これでいいよ」

と、ハルカワが遮《さえぎ》って、誰もとめる暇もないままその場にあったバケツに右手を突っ込んだ。使い終わった花火がたくさん刺さったバケツの水は当然のごとく煤《すす》が浮いて黒ずんでいる。子供たちの泣き声が凍りつき、口を「あ」の形にあけたまま有海はぽかんとし、潔癖性の気がある航兄がこめかみを引きつらせた。

例によって当のハルカワだけが周囲の空気にかまわず平然として、夏の海で脳がぬるまゆくなったようなへらへらした笑いを浮かべていた。

再び既視感を覚えた。

誰かに似ているような気がする。

……ああ、わたしかもしれない。と思った。

2．あの夏、みんな蛍だった。

「では、補習終了を祝して」

「カンパーイ」

アルミ缶やペットボトルが軽い音を立てていくつもぶつかりあう。プルタブが引かれた飲み口から炭酸が溢《あふ》れる。炭酸が苦手な有海《うみ》は相変わらずペットボトルのポカリで、チサコとマッキーはダイエットコーラ、他にも同じ学校の生徒が数人。駅前の自販機コーナーの前に陣取って夕方から乾杯をしている高校生の集団に、駅を利用する大人たちが不快そうに眉《まゆ》をひそめて通り過ぎる。

「有海、お疲れさま。カンパーイ」

「カンパーイ」

「ふぉ。ありがとう。おめでとう」

アルミ缶やペットボトルを交替でぶつけられ、有海はそのたびに笑って応じてペットボトルの中で跳ねるポカリに口をつけた。

夏休み直前、暑気がゆるまないうだるような午後。素脚をつけて座り込んだモルタルのタイルが冷たくて心地よく、ポカリの爽快感《そうかい》が喉《のど》を落ちる。同じクラスのチサコやマッキーの他、違うクラスも含めて気がついたら補習組が六、七人も集まっていた。当然というか日野《ひの》ちゃんは補習組ではないので今日はいない。名前も知らない他のクラスの男子ともかちかちと乾杯を交わす。知っているか知らないかは問題にならない。名前も顔も知らなくてもなんとなく共有する連帯感のようなものが、同じ街に集まる高校生のあいだにはあった。

有海の高校、三島南は二学期制で、夏休み前の期末試験はない。とはいえ期末のかわりに実力テストというものがあって、成績が一定以下だった者は夏休み前の一週間、放課後に補習に駆りだされた。就職組や学力試験が必要ない専門学校志望者はすでに勉強する気がなくなっているのでたいがい補習を受けるはめになる。

「佐倉《さくら》たち、これからカラオケいく？」

有海が会話に取り残されているうちに、男子たちのあいだでカラオケに行こうという流れになっていた。

「行くぅ」

チサコとマッキーが賛同する。

「行くぅ」

流れにまかせて有海も答えたが、

「あ、駄目だ。行かない。今日は航兄《こうにい》がご飯つくってくれる」

「例の従兄弟《いとこ》？」

「うん」

「え、誰？」顔は見た覚えがある別のクラスの男子が会話に割り込んできて、「佐倉先輩。去年副会長だったじゃん」有海のかわりにミーハー代表のマッキーが自分のことみたいに誇らしげに答えた。「へえ。佐倉先輩って佐倉の従兄弟だったのか。そういえば苗字《みょうじ》が同じだ」男子が目を丸くする。

前年に三島南を卒業してW大に進学した佐倉航佑《こうすけ》は、成績優秀・眉目秀麗《びもくしゅうれい》（と周囲では言われていたが、眉目秀麗と言うには航兄は目つきが悪いと思う。もともと細い目をさらに細める癖があるのだ）で校内ではなかなかに有名人だった。

「うん。二人で住んでんだよね」

またまた有海のかわりにマッキーが説明。ポカリに口をつけつつ有海は頷くだけ。

「おお、従兄弟と二人」

「いいよねえ。うちなんておかーさんうるさい」

「佐倉先輩頭いいっしょ。勉強教えてくれるんじゃん？」

そう言われて有海は「う」と固まった。前生徒会副会長・佐倉航佑の従兄弟であるはずの佐倉有海はまったく教えがいのない落第ぎりぎりの補習常連組。本当に血が繋《つな》がっているのだろうかとときどき疑う。いっそ繋がってなければいいのになあとも思ったりする。

「従兄弟って結婚できるよね」

誰かが言いだし、あっという間に無責任な話題に花が咲いた。

「違うよぅ。航兄には」

ちらりと日野ちゃんの顔が浮かんだ。微妙に不自然な間があったあと、

「航兄には、最近新しいコイビトができたのさ」

視線を逸《そ》らして有海はやけ酒っぽくポカリを呷《あお》った。

「大丈夫。有海はわたしがお嫁にもらったげるよう」

「ふぉ？」

マッキーが抱きついてきてよしよしと有海の髪を撫でる（男子の噂《うわさ》が好きなマッキーは女子にも抱きつき癖がある）。「牧野、本気？　この子焼きソバしか作れないよ。毎日焼きソバになるよ」ダイエットコーラを傾けつつ冷ややかにチサコが突っ込む。「じゃあ俺、俺。毎日焼きソバでもいい」と知らない男子まで抱きつこうとしてきてマッキーに張り倒される。髪の毛をぐしゃぐしゃにされながら有海はそれを見てへらへら笑う。

いつもの風景、みんなの中心にいながらどことなく感じる、自分だけが会話の輪から浮きあがったような感覚。連帯感と疎外感とが常に隣りあわせになっていて不思議な気分。目眩《めまい》が夏はこんな気分になることが多い。嫌いな感覚ではない。有海は夏が好きだった。

しそうなだる暑さも、陽《ひ》に灼けてゆらめくアスファルトも、くっきりと切り取られた強い陽射しも、太腿《もも》に張りつくスカートの裾《すそ》をばたばた煽《あお》るのも、冷たい日陰のコンクリートを裸足《はだし》で歩くのも、勘弁して欲しい外の体育も、保健室でさぼるのも。

全部ひっくるめて夏は楽しい。今しか存在しない楽しいことがいっぱいある。

カンパーイ。カンパーイ。

熱に浮かされたみたいなふわふわした頭の中にみんなの声がこだまする。

「カンパ――……」

ふいに背中をどつかれた。傾けたペットボトルからポカリがこぼれてブラウスの胸もとを少し濡《ぬ》らした。

「有海、平気？」

「へーき」

マッキーに支えられて背後を振り仰ぐと、サラリーマン姿の中年の男の人がこっちを睨《にら》んで通り過ぎた。傍らに置いておいたカバンがあっちのほうまで蹴《け》とばされ、カバンのポケットに入れていた携帯電話がモルタルの床を滑っていった。「邪魔なんだよ」という小声の悪態が聞こえた。

賑《にぎ》やかだった場の空気が冷え込んだ。

「何あのオッサン、ムカつく」

舌打ちする男子を有海は「へーきへーき。なんともない」と笑ってなだめる。みんなが一瞬白《しら》けたのが自分のせいのような気がして、そういうのは少し嫌になる。みんなでいるときは何も考えずに楽しく騒いでいないといけない気がする。

「気にすることないよ。大人はわたしらのやることがなんでも気に入らないのさ」

チサコが場を取りなし、白けた空気はすぐに浮上して、またわいわいとどうでもいいような話で盛りあがった。

みんなでいると強くなる。怖いものなんて何もない。コドモは一匹だと弱いから、野生の習性で群れるのだ。オトナは野生の習性を忘れてしまったので、コドモのやることにいちいち現代社会が生みだしたうんたらかんたら現象とかいう定義をつけたがる。

「はい」

と、蹴とばされたカバンを誰かが拾ってきてくれた。マリンホワイトの携帯電話もちゃんとポケットに突っ込まれている。「ありがとう」お礼を言って有海は相手の手からカバンを受け取り、大判の絆創膏《ばんそうこう》が貼られたその手の甲に目をとめて瞬《まばた》きをした。

カバンを抱えて視線をあげる。

金茶色の頭髪に両耳ピアス、ストラップを長くしたぺたんこの肩かけカバンを斜めに提げた春川《はるかわ》が立っていた。

「あれ、春川さん。今日来てた？」

四組の男子が春川の姿に気がついて声をかけた。「来てたっちゅう。ていうか一緒に補習受けてた。俺存在感ないですか」春川は絆創膏が貼られた右手をズボンのポケットに突っ込み、口をとがらせて男子に言い返した。Tシャツの上からだらっとはおった半袖シャツに紺のズボンの制服姿は他の男子と同じ、三島南の男子生徒の夏服だ。

そう——七月のはじめ、埠頭《ふとう》で出会ったいまいち常識がズレた謎《なぞ》の男子、春川は、去年は航兄と同級生であり、今年は有海と同学年であったのだ。有海は六組、春川は四組。他のクラスの男子の顔など事細かには見ていないので有海は覚えがなかったが、あとでチサコに訊《き》いてみたら顔くらいは見たことがあるという。マッキーに至ってはとっくに知っていてけっこう詳しいデータを入手していた。六月十日生まれの双子座B型、身長一七六センチ（マッキーが執拗《しつよう》に教えてくれるので覚えてしまった）。単位不足で去年ダブって、今年二回目の三年生。年齢的には一つ上なので、四組の男子からはさんづけでタメ口という微妙な扱いを受けている。

あの日の翌週、学校の廊下でばったり行きあったとき（それ以前も行きあったことはあったのかもしれないが個体として認識していなかった）、有海は「ぎゃ」という声をあげ、春川は妙に嬉《うれ》しそうににこにこした。

＊

ひとしきりお喋《しゃべ》りしてからみんなと別れて一人になると、さっきまで何が面白くてあんな他愛もない話題で大笑いできたんだろうとか、人が通る自販機の前で集団で座り込んでいたりしたら邪魔なのは当然なのになんだってあんな大きな顔ができたんだろうとか、ジュースを買いたそうな子がいたのに気づかないふりしてたなあとか、ふと我に返って考える。みんなでいると無敵だったコドモは一匹になるとひどく弱くなる。周囲を包む青灰色の夕闇やアスファルトに残る昼間の暑気や、今まで味方だったものが急に無関心な他人になる。汗ばんだ脚に絡《から》みつくスカートがうっとうしい。

今日の帰り道はしかし、一匹にはならなかった。

斜め三歩くらい後ろを歩く春川に有海はちらりと横目を投げた。春川は肩かけカバンを腰の後ろでぱかぱか鳴らして、スニーカーの底で地面を擦《す》るようなだらけた歩き方でついてきていた。火傷痕《やけどあと》の絆創膏を貼った右手はズボンのポケットの中だ。

駅からアパートへと向かう、車道とビルに挟まれた歩道。ガードレールの向こうを乗用車が赤や黄色の光の筋を引いて往来する。どこかで夏の虫が鳴いていた。虫の声よりも灼《や》けたアスファルトの熱の余韻《よいん》や車道を吹き抜けるなまぬるい排気ガスが有海にとっては馴《な》染《じ》んだ東京の夏の風物詩。

「ストーカー？」

横目で睨んで問うと、春川は子犬みたいな仕草で首をかしげて、

「佐倉クンが、イトコが遅くなるようなら送れって」

「航兄が？」

「そう」

春川が頷く。だらっとはおったシャツの裾《すそ》から覗《のぞ》くウォレットチェーンが春川の歩調にあわせてじゃらじゃら鳴った。チェーンにぶらさがったキーホルダーが車道のライトを反射して白くきらめく。くたっとくたびれた感じのサルのマスコットがキーホルダーと一緒にぶらさがっているのが妙に似合っていておかしい。

「ふうん。航兄が」

相づちを打っただけで有海は視線を前に戻した。

一匹じゃないと一人きりでビルの谷間に放りだされたような心許《こころもと》なさが少し薄れる。かといって二匹というほど心強くもなく、一匹半くらいの不安定さで、みんなでいるときのあの連帯感と疎外感とがあわさったような感覚とはまた違った奇妙な浮遊感がうなじのあたりに張りついている。前を向いて歩きながら背後の気配に話しかけた。

「あの埠頭、よく行くの？」

「ときどき。俺昔あのへんに住んでたから」

「また花火、」

言いかけたとき、携帯電話の着メロが鳴った。自分のかと思って有海はカバンに手をやりかけたが、ポケットから覗いているマリンホワイトの携帯電話に着信ランプは灯っていない。

旋律《せんりつ》の癖は似ているが、有海の着メロとは違った。〝NIKITA《ニキータ》〟のニューシングルのカップリングになっているバラード曲のほうだ。〝NIKITA〟なんてマイナーなバンドを自分の他に着メロに設定している人などいるとは思わなかった。

春川が「あ」と呟いて、ズボンの尻《しり》ポケットから携帯電話を引っ張りだした。夕闇の中で緑色の着信ランプが点滅している。「もしもし?」首を傾けて春川が電話に応じる。有海は言いかけた台詞《せりふ》を引っ込めて電話が終わるのを待たないといけなかった。

二言三言で春川はすぐに電話を切った。フリップを閉じながらこっちに向かって、

「佐倉が、コンビニでウーロン茶買ってこいって。二リットルの」

「ていうかなんでそっちに電話がくるのさ」

「さあ。俺に言われても」

用があるならこっちに言えばいいのにと有海はちょっと不満を覚える。しかも帰宅時間を見越したように、ちょうど家に一番近いコンビニが角に見えていた。二四時間営業を示

す電光看板に羽虫が集まっている。春川がコンビニのほうにひょいひょい歩いていくので、釈然としないながらも有海もあとに続いた。道端に落ちていたアスファルトの欠片《かけら》をローファーのつま先で蹴っとばした。

「花火」

コンビニの手前で、春川が足をとめてふいに言った。瞬きをして有海は顔をあげる。

「またやる？」

屈託のない笑顔で言われて有海はぽかんとしたあと、

「や、やる」

と頷《うなず》いた。

春川の視線が何かを追いかけるようにふわりと宙を泳いだ。有海もつられてその視線を追いかける。

「蛍《ほたる》だ」

「ウソ」

春川の声に有海のほうは思わず否定意見を口にしたが、ほのかに緑色がかった光が一つ、ゆっくりと明滅しながら夕闇の中を泳いでいる。こんな都会の真ん中で蛍を見かけるなんて普通はあり得ない話だが、どこかで捕まえられてきたのが放されたのだろうか。

「おぉっ……」

有海もついつい興味津々で光を凝視《ぎょうし》して声を漏らした。

自然と足が動いていた。電信柱から電信柱のあいだを縫《ぬ》って泳いでいく小さな光を目で追いながら、アスファルトを小走りで蹴《け》る。「おーい。ウーロン茶は？」春川のズレた呼びかけが追ってくる。蛍が灯《とも》す光はまるで携帯電話の着信ランプみたいだった。電波の波長を描くようにゆらゆらと頼りなげに上下しながら、着信相手を探してたった一匹でさまよっている。ぽわんとした光が電信柱の先を曲がって道の角に消えた。

光を追って角を曲がったところで有海は立ちどまった。

「あれ」

視覚の盲点に入ったみたいに光はじわりと消えてしまっていた。

「あっち。あっち」

肩を押された。追いついてきた春川が指差した方向に目を凝らすと、一ブロックほど先の道に淡い光が浮かんでいる。絆創膏《ばんそうこう》を貼った春川の右手が有海の左手を引く。つんのめりつつ有海は足を踏みだした。夏の夜道、二人で息を切らせて頼りなげに漂う蛍火を追いかけた。同じ速度で走る二人の靴音がアスファルトを軽くこすりながら蹴る。

私鉄の線路沿いにでた。蛍火がフェンスの網目を抜けて線路の上空を漂う。蛍火を目で追いながら有海はフェンスに駆け寄った。

「あ、待っ」

声と同時に後ろに引っ張られ、足首がかくんと崩れた。春川を背中で押し倒す格好で一緒に転び、泥水が跳ねた。

轟音《ごうおん》が真横から飛び込んできて鼓膜を突き抜けた。目の前のフェンスの向こうを車窓の灯《あか》りがちかちかと瞬《またた》きながら高速で滑り抜ける。なまぬるい突風がフェンスを揺らして前髪を掻《か》きあげる。

電車が通過して風が落ち着いたとき、風と轟音に吹っ飛ばされたように蛍の光はもうどこかに飛び去って見えなくなっていた。

フェンス沿いに膝をついたまま、有海は一時《いっとき》フェンスの向こうを見つめて固まっていた。ぺたんとお尻をついて、同じく隣で尻もちをついている春川と顔を見あわせる。頬《ほお》に泥水を張りつけて春川は微妙に情けない顔をしていた。

昨日の夕立ちの名残《なご》りか、フェンス沿いのくぼみに泥水の川ができていた。お尻まで泥水に浸かり込んだ二人はそれぞれ自分の格好に視線を落として「あー」と溜《た》め息をつく。当然下着の中まで水が浸み、制服の白いブラウスにまで泥が跳ねていた。放りだしたカバンだけは泥の川を逃れてアスファルトに落ちている。カバンが被害を受けなかったのは幸いだった。

「泥だらけだ」

立ちあがるとローファーの中で靴下が泥水を踏んでたぷたぷした。「お」小さい子がよく履いているきゅうきゅうと音が鳴る靴みたいでちょっとウケたので足踏みして感触を確かめていると、まだ水溜まりに浸《つ》かったまま春川が吹きだした。笑われたみたいなので有海は渋い顔をして春川を睨《にら》む。春川は面白そうに喉《のど》の奥でまだ笑う。

「あんたリアクション薄いのな」

「何さ、それ。お互いさまだよ」口をとがらせて言い返す。花火で大火傷《やけど》して動じない人なんて有海だってはじめて見た。

「面白い、あんた」

人のことを笑いつつもどのみち春川自身も自分の格好をさほど気にしたふうもなく立ちあがり、シャツの汚れていない部分で手を拭《ぬぐ》ったりしている。カバンを拾いあげながら有海はフェンス越しに線路の上空を振り仰いだ。制服のことはたいして気にならなかったが、蛍を見失ってしまったのが少し残念だった。

けれどそれもすぐにどうでもよくなった。追いついて捕まえたとしてもどうしようもないから、追いつけないままでよかったかもしれない。追いつけないほうがいつまでも遠くを見ていられる。一ブロックくらい遠くを見ながらふわふわ歩いていられたら足もとの落とし穴のことを考えないで済む。

一ブロックくらい先を見ているのはちょうどいいと思うのに、あまり遠くのことはまだ考えたくなかった。

その後二人は店員に非常に迷惑そうな顔をされつつ泥だらけのまま何ごともなかったようにコンビニに寄り、佐倉の姓を持つ二人が住んでいる鉄筋鉄骨四階建てのアパートまで歩いて帰った。

「ただいまあ」

玄関先に現れた航兄に春川まで当たり前みたいな顔で「ただいまあ」と言ってコンビニの袋を突きだすと、航兄は二、三秒くらい固まったあと、

「コンビニでウーロン茶買うのにどんな大冒険をしてきたのか、俺の納得がいくように説明してもらおうか」

と、いつものように眼鏡《めがね》の奥で苦々しく目を細めた。

シャワーを浴びてほかほかになり、Tシャツに短パン姿で浴室からでてくると、有海の制服がちゃんと手洗いされてキッチンの吊《つ》り戸棚から吊りさがっていた。下着は自分で洗おうと一応心に決めた。

私鉄の線路沿いから少し入ったところ、四階建ての三階にある2DK。玄関を入ると廊下の脇にバストイレ、廊下の先に手狭なダイニングキッチンがあり、航兄の部屋はその奥で、有海の部屋はさらにその脇の六畳の洋間。これがこの世帯の全部。有海の部屋にたどり着くには航兄の部屋を経由しないといけないという間違った間取りだ。佐倉の伯父《おじ》さん

が仙台に転勤になり、ちょうど航兄の大学が決まったところだったので航兄と有海だけで東京に残ったのだった。伯父さんは従兄弟《いとこ》どうしとはいえお年頃の男女が二人暮らしをすることについて取りたてて心配していないようだった。それくらい航兄が信頼されているのだ。

ぼさぼさの癖っ毛をバスタオルで拭きながら航兄の部屋を覗いた。難しい本が半分、漫画が半分詰まった本棚と机とパイプベッドで占領された若干薄暗い六畳間で航兄はノートパソコンを開いていた。

「航兄、春川は？」

「ウーロン茶置いて帰った」

「ふうん」あの格好のまま帰ったのだろうか。

部屋の戸口にぺたんと座る。キッチンのリノリウムの床が冷たくて気持ちよかったので、その場に仰向《あおむ》けになって天井の蛍光灯を見あげた。床の近くが一番涼しいので有海はよく床に転がっている。航兄はレポートでも書いているのか、パソコンのキーボードの乾いた小気味よい音が鼓膜を叩く。

「ねえ、春川ってどんな奴？」

少し暗くなった蛍光灯を眺めながら訊《き》いてみる。

「あんな奴」

キーボードを叩く音はそのままに部屋の中から短い返事があった。

「ふむ。あんな奴か」

ガッコ留年で二回目の三年生で、煙草《たばこ》吸ってて、火傷しても平気な顔してるくせに人のことをリアクション薄いとか言って、泥だらけで普通にウーロン茶買って、それだけのためにうちまで来て、それだけで泥だらけのまま帰る奴。……わからん。

キーボードの音がふいにやみ、きいと椅子が軋《きし》む音がした。寝転がったまま頭をもたげると、航兄が椅子の背もたれに片肘をついてこっちを振り返っている。眼鏡の奥の細い目に微妙に笑いを浮かべて、

「気があうだろ、お前。気に入った?」

「な、」

反射的に有海はぴょこんと跳ね起きた。バスタオルが舞って床に落ちた。

「なんだねそれは?」

奇妙奇天烈《きみょうきてれつ》な言葉遣いで問い返す有海に航兄が若干鼻白んで身をのけぞらせる。航兄の鼻先に向かって有海は人差し指をびしっと突きつけ、

「人のことより航兄は、いい加減日野ちゃんに返事をしなさいっ。もう二週間もたってるじゃん」

勢い込んで言い放ち、航兄のリアクションを見ることなくバスタオルを摑《つか》んで右手と右

足が一緒に前にでる歩き方で隣の自分の部屋に入った。後ろ手に乱暴に引き戸を閉めて、電気をつけずにベッドにダイブ。バスタオルを頭に被《かぶ》って枕に顔を埋める。

（くそう、超鈍感男め……）

頭はいいくせに恋愛方面に関してはわりととんちんかんなのだ、航兄は。

胸の中心のあたりがじゅくじゅくと膿《う》んだように痛んだ。

有海が言うまでもなく航兄はこういうことをいつまでも放置しておける性格ではないので、近いうちには日野ちゃんに返事をする気なのだろう。二人はつきあうのだろうか。日野ちゃんは同性の有海から見ても日本人形みたいでかわいいし、性格も真面目だし勉強もできる。少なくともあのイケイケの彼女よりはずっと航兄と話題に共通性があるだろうしお似合いだと思う。それに日野ちゃんは友だちだ。悪い男に引っかかったりしなければいいと思うし、その点航兄ならまったく心配ない。

しかし正直なところ、誰にも言わないけど、うまくいかなければいいと思っている自分がいることも確かだった。……だからといって航兄が有海をそういう対象として見てくれる可能性はゼロに等しいのだが。それだったらいっそ日野ちゃんと。いやいやしかしそれも素直には歓迎できず……。

「……面倒くさくなってきた」

毒づいて思考を打ち切り、寝返りを打って仰向けになった。閉じたカーテン越しに窓灯りが射すだけの部屋は薄暗く、天井にぼんやりと白く浮かぶ蛍光灯が青いノイズに侵されたように見える。

今のことも未来のことも、難しいことを考えるのは苦手だった。あの蛍が漂っていたような中途半端なあたりをいつまでも何も考えずに眺めていられたらいい。でもきっとそうしているうちにどんどんみんなに置いていかれて、有海はそのうち一匹ぼっちになって誰も電波を受け取ってくれないまま通話相手を探してさまようことになるのかもしれない。

進路調査票は、結局まだ書いていない。

*

夏休みを明後日《あさって》に控えて、三年六組の教室の空気はくっきりと二色に色分けされていた。暇《ひま》を見つけては問題集や単語帳に目を落とす進学組と、補習も終わってすっかり夏休み気分でだらけている就職その他組（三島南は飛び抜けた進学校ではないので、就職組の他、試験のいらない専門学校志望組、そして就職も進学も決めていないニート予備軍もあわせると三年全体の二、三割くらいにはなる）。昨日も駅で一緒に騒いだ他のクラスの男子とマッキーたちが廊下に面した窓を挟んでだべっている。

有海は廊下側一列目のチサコの席の脇にへばりつき、机の上に顎《あご》だけ乗っけていた。

「犬か、あんたは」

綺麗《きれい》に塗ったネイルを乾かしながらチサコが半眼で突っ込んだ。美容師志望のチサコはお洒落《しゃれ》で背が高く、小柄で日本人形みたいな日野ちゃんとは別の意味で同性から見ても憧れるタイプの女子だ。今日の有海の髪型も朝やってもらったチサコの作品、前髪の九割ほどを内側にねじりながら斜めに流し、耳の上で留めてある。チサコが言うには有海の髪はやわらかいので扱いやすいのだそうだ。

廊下側の窓辺でだべっている他のクラスの男子の中に春川の金茶色の頭を見つけた。横目で窺《うかが》っていると視線があってしまい、春川がこっちにひらひらと手を振った。

気に入った？なんて昨日航兄に言われたことを思いだしてしまい、そんなんじゃないのであるよと内心で言い返して曖昧《あいまい》な顔で視線を背けた。あらためて航兄の無神経な言動にもやもやする。誰のせいで夏休みを控えた花の十七歳の女子高校生がこんなに憂鬱《ゆううつ》なのかと。

「有海ちゃん」

ふいに声をかけられて、有海は尻尾《しっぽ》を振るみたいに軽く跳びあがり、チサコの机に顎をぶつけた。進学組が集まる窓側の席のほうからわざわざやってきた日野ちゃんがチサコの机を挟んで反対側の脇に立っている。チサコが一瞬うっとうしげな視線をあげたが、何を言うでもなく自分の手もとに注意を戻した。

「有海ちゃん、昨日、佐倉先輩に何か言った？」

顎を押さえて訊き返すと、日野ちゃんはためらいがちに一拍おいてから、

「何って？」

「昨日の夜、電話もらったんだ。一度会って話そうかって」

頰を若干上気させてそう報告する日野ちゃんはたいそうかわいらしくて嬉《うれ》しそうなのが伝わってきて、つられて有海もへにゃりと笑った。「そうなんだあ。よかったね」我ながらどことなく平板な声で、自動的にお祝いの言葉がでてきた。一度会って話そうという航兄の意図がいいほうと悪いほうのどっちに向いているのかまだわからないとはいえ、航兄から日野ちゃんに電話をしたというのはたいした進展だ。

へらへら笑いながらまた胸のあたりがじゅくじゅくと痛んだ。自分から航兄をけしかけておいて、そして嬉しそうな日野ちゃんの様子に自分も嬉しくなっておいて、たぶん破滅を願っている自分がいるとはなんとしたことだろう。心の中身と表面が玉ねぎみたいにぺらっと剝離《はくり》していた。剝《む》いて剝いて剝いていったらきっと自分の芯《しん》には何も残らない。なんのこだわりも主張も目標も。

表面では笑いを張りつけながら、気持ちと一緒に机の下にぶくぶくと視界が沈む。

「おい」

後頭部に声が降ってきて、骨張った二本の腕が有海の頭の左右から机の角を摑《つか》んだ。包

囲された格好になって逃げられないままぎょっとして振り仰ぐと、廊下の窓から上半身を乗りだした春川の顔が至近距離に迫っていた。

「なんで無視すんの」

「別に無視してないよ。ていうか近っ。なんか用事ですかね？」

昨日制服を泥だらけにしてしまったせいか春川は今日は思いっきり私服、ピンクのTシャツに（ピンクが妙に似合う奴だ。男子のくせに）迷彩柄のだらっとしたワークパンツを穿《は》いていた。夏バテしたようなサルのマスコットがついたウォレットチェーンだけが昨日と同じく腰から覗《のぞ》いている。

「用事」

春川は訊《き》かれてからはじめて考えるように小首をかしげ、それからいいこと閃《ひらめ》いたみたいな顔になって、

「俺らつきあわない？」

「はあ？」

頭のてっぺんにチューリップでも咲いたような春満開の春川の笑顔を至近距離から浴びて有海はくらっと目眩《めまい》を覚えた。

「うお、春川さん、何いきなり告ってんの」「ウソー、佐倉？　本気？」「あの人万年頭ん中春だねえ」マッキーたちの集団が会話を聞きつけ口笛を吹いてはやしたてはじめた。進

学組は迷惑そうな顔。無責任な周囲の反応を春川は気にしたふうもなく、にこにこして有海の返事を待っている。

「な、なんで？」

両側を囲われて逃げ場がないのでチサコの机にへばりつき身を硬くして有海が訊き返すと、春川はいかにも不思議そうな顔をして、

「なんでって、……好きだから？」

などと疑問形で答えた。今考えたに違いない。

「あのねえ」

くらくらしながら有海は春川の腕を両手で押しのけた。春川の右手の甲にはまだ絆創膏《ばんそうこう》が貼られている。慣れない小難しい顔を作って人差し指をこめかみにあてたりなんかして、

「好きっていうのはそんなカンタンな感情ではないのだよ？」

などと自分でもよくわからない講釈を垂れはじめる。春川までなんだか真面目な顔になってふんふんと聞く。マッキーたちの集団が他人《ひと》ごとで大笑いする。

「好きっていうのはだね、もっとこう、どろどろぐちゃぐちゃしてて、ほら、お昼のメロドラマみたいな、不倫して離婚して再婚して元夫と不倫して姑に人でなしと罵《ののし》られてみたいな」

「どろどろ？」

「そう」

深刻ぶった顔で有海が頷くと春川はショックを受けたみたいに一瞬固まって、

「俺、昼メロは見ないからそういうのはわからない」

「じゃあ、どろどろするくらいわたしのことが好きになったらまた言いに来るといいよ」

「うん。ごめん」

馬鹿馬鹿しいくらいあっさり引きさがった。というか馬鹿なんだと思う。

始業のチャイムが鳴った。未練がましくもたもたとだべりながら他のクラスの連中が自分の教室に引きあげていく。「春川さーん」四組の男子に呼ばれて春川は「じゃあどろどろしてきたらまた来る」などと言いながらクラスメイトに引きつれられて窓辺を離れていった。なんだかほとんどクラスで飼われている犬扱いだ。なんだあれはという思いで有海はその金茶色の後ろ頭を見送った。頭のてっぺんに咲いているチューリップはぱかっと開ききっているに違いない。〝ああいう奴〟と航兄が表現した意味がなんとなくわかったような気がした。〝ああいう奴〟としか言いようがない。

六組の就職その他組も集団を散らしはじめ、有海も立ちあがって自分の席に戻った。有海の席はチサコの席の斜め前の前になる。

「有海ちゃん、あのさ」

次の授業の教科書を探して机の中を引っ掻《か》きまわしはじめたとき、日野ちゃんが後ろからどことなく遠慮がちに声をかけてきた。日野ちゃんの席は窓際なのではやく戻ったほうがいいと思うのだが。

「ん？」

「あの人、あんまりいい噂ないよ。やめたほうがいいよ」

「あの人？」

「春川さん」

時間を気にして早口で日野ちゃんが囁《ささや》く。日野ちゃんも春川をさんづけしていた。

「わたし、中学一緒だったから聞いたことあるんだ。わたしが二年のときだから、あの人三年のとき。その頃からあんな髪だったから中学ではけっこう目立ってて……」

＊

春川はあのとおりいまいち学校という組織に属する資質が欠けているので、中学時代から特にお堅い教師陣には目の仇《かたき》にされていたという。当時つきあっていた同学年の彼女がいて、その彼女と一緒に廊下を歩いているときにそのお堅い教師の一人とすれ違い、教師が何かしら難癖をつけて春川を突きとばしたことがあった。こう、肩をちょっと押しただけだがあたりどころが悪く春川は窓ガラスに背中と肘《ひじ》をぶつけ、ガラスが派手に砕け散って流血事件。生徒たちが集まってきて騒ぎになって、教師はその中心で真っ蒼《まさお》になって硬直していて、そんな中、破片を浴びて肩をべっとりと血で濡らしながら春川は何ごともなかったみたいに起きあがって、周囲の騒ぎを他人ごとみたいに見まわしてから、ふと腰を折ってガラスの破片を拾って。

その破片で、教師の腕を刺した。もちろん破片を握った春川の手も血まみれになって、教師は悲鳴をあげてのけぞって、周囲の野次馬も輪を散らして。

春川はみんな何を怯《おび》えてるんだろうみたいな顔で首をかしげて、一緒にいた彼女のほうを見た。春川が歩み寄ろうとすると彼女もまた怯えてあとずさった。「なんでそんな顔すんの？」春川は彼女に向かって訝《いぶか》しげにそう言って、

それで春川が何をしたかっていうと……その彼女を刺したのだそうだ。

たいした怪我はしなかったらしいが彼女は恐慌状態に陥って、ぎりぎり警察沙汰《ざた》にこそならなかったものの春川はしばらく停学になった。

「春川さんは、やめたほうがいいと思うよ」

話を終えて、日野ちゃんは最後にもう一度そう念を押し、足早に自分の席に戻っていった。

踵《かかと》を踏んだ上履きの底を鳴らして有海はリノリウムの廊下を小走りで抜けた（有海の歩き方は二歳児がひょこひょこ歩いているみたいで今にも転びそうだとよく言われる）。トイレに行っているうちに午後の予鈴が鳴り、廊下にはもう人通りがなくなっている。昼休みにも四組の男子は遊びに来たが、今度は春川の姿はなかった。まさか本当に〝どろどろしてくるまで〟来ないつもりなのかは知らないが。

階段の下を通ったとき、こつんと頭をつつかれて、足もとに何かが落ちた。

頭に手をやりつつ視線を落とすと、てっぺんが少しひしゃげた紙飛行機が上履きの先に落ちていた。プリントで折ったものらしく印刷の文字やラインが透けて見える。

何気なく紙飛行機を拾いあげて有海は視線をあげた。北校舎の四階へとのぼる白い階段が踊り場まで続き、そこから一八〇度折れている。人影は見あたらなかった。北校舎の四階には音楽室や美術室などの特別教室しかないので、夏休み前の消化授業みたいなこの時期はあまり使われない。

紙飛行機を持ったまま階段をのぼってみた。踊り場の角からひょこりと上を覗くと、階段の途中に一人の男子生徒が腰かけていた。四年目のくたびれた上履き、制服ではないラフなパンツ、サルがぶらさがったウォレットチェーンが腰から覗いている。

「あ」

こっちの姿に気がついて、火のついていない煙草をくわえた春川が声をあげた。

「まだどろどろしてない。ごめん」

「いいけど、別に」

あんまりその話題を引っ張られると（自分から言いだしたこととはいえ）なんだか卑猥《ひわい》な言葉のような気がしてきた。

「授業でないの？」

「だるいので午後はサボリです」

正当な主張みたいに堂々とした態度で春川が答える。そりゃあ教師に気に入られるタイプではないだろう。日野ちゃんに聞いた話が一瞬頭にちらついた。

「これ」

拾った紙飛行機を掲げてみせる。折りたたまれたプリントの表にでている部分に『進路調査票』の文字の一部が見えていた。

「提出しないといけないんだよ？」

「あんたは提出したの？」

「……いやあ、いい陽気だね。わたしもさぼろうかな」

視線を逸《そ》らして有海はすっとぼけた。踊り場の小窓から夏の昼さがりの気怠《けだる》い陽が射している。七月のこんな夏のさかりに、確かに授業にでる気になんかならない。地球温暖化対策とかで廊下には冷房が効いておらず、立っているだけで汗が滲《にじ》んでくる。階段を数段のぼり、少し距離をあけて春川と並んで腰を降ろした。

静かな階段にがさごそと音をさせて紙飛行機を開いてみる。右肩に春川の氏名、『就職』の項目に大きく丸がされ、志望先には投げやりな字で『ＦＢＩ』と書かれていた。

「おお、ＦＢＩ。すごいね、ドラマとか映画にでてくるやつだ。Ｘファイルとか」

「すごいだろう」

と春川は胸を張り、

「でもセンセに却下された」

「春川、大学いかないの？」

「うん。俺、金だしてもらう約束高校までだし、自分で学費稼いでまで大学いく気はないから。ていうかすでにダブってんだけどさ。どうするかなあ……。やめるかも」

「えっ、学校やめんの？」

つい訊《き》き返すと春川はこっちに横目をよこして何やら嬉《うれ》しそうににやりとし、「寂しい？　どろどろしてきた？」「してこないョ」春川の邪気のない笑顔に有海はプリントを押しつけて突っ返した。

「さっき言いそびれたけど、わたし、悪いけど好きな人がいるのだよ」

「佐倉航佑？」

話題を逸らそうとして言ったつもりが間髪入れず切り返されて、「ふぉっ、なんで知ってんの？」露骨に動揺してのけぞってしまった。ところがプリントをズボンのポケットに突っ込みつつ春川のほうまで驚いたように瞬きをして、

「カマかけてみたんだけど本当だったんだ」

「は、はめたのか……」

「まあ従兄弟《いとこ》は結婚できるってゆうし、いいんじゃない？」

あっさり言われて、有海はなんだか気抜けして肩を落とした。

いいんじゃない？って、簡単に言われても相手にその気がなければ意味がない。だいたいいつい数時間前に告白した相手に別に好きな人がいると言われて平然と「いいんじゃない？」なんて、本気で好きなら言えないだろう。春川の〝好き〟はやっぱりただの思いつきなのだ。好きっていうのはもっと割り切れなくて自分のことしか考えられなくなって自己嫌悪に陥ったりする、気持ちが悪い感情だ。

航兄は日野ちゃんとつきあうのだろうか。会って話そうって電話がきたというさっきの日野ちゃんの報告と嬉しそうな顔を思いだして鬱々《うつうつ》としてくる。ああ、こういう感情こそどろどろっていうのだよ。

ばれた以上はぐらかす意味もなくなったので、視線を伏せて有海はぼそぼそと白状した。足を振ってつま先に引っかけた上履きをぶらぶらさせながら。

「……航兄がわたしの知らない女の人とつきあいはじめたとき、すごく意地が悪い真っ黒な気持ちになったよ。なんで航兄はわたしだけの航兄じゃないんだろうって。どうすればわたしだけのものになるんだろうって毎晩考えた。……すきっていうのはそういうものだよ。春川はそんな気持ちになったこと、ないんじゃないのかね？」頭にピンクのチューリップが咲いている春川はそういう粘っこい感情とは無縁そうな奴だ。春川はきっと誰かを本気で好きになったことなんてないのだろう。

「あるよ」

と、ところが春川はさらりとそう答えた。

「まあガキの頃、相手ハハオヤだけど」ハハオヤ、という単語が春川の口からでたことがなんとなく意外で有海は言葉を失って春川の横顔を見る（考えてみればもちろん春川にだって産んだ親はいるのだが）。「うちのハハオヤ、外に男作っててあんまり帰ってこなかったから。そんで、なんでハハオヤは俺だけのハハオヤじゃないんだろう、俺のところに帰ってきてくれないんだったら、ハハオヤなんて死ねばいい、と思った。今思えばすげえ悪い冗談だけど、でもそんときは本気で」

指先で器用に煙草をまわしながら話す春川の妙に抑揚《よくよう》のない淡々とした声が、上昇する熱気と逆に冷たく重い空気になって階段の底に沈んでいく。「だからもし俺が、」春川がこっちを見て微笑《わら》った。踊り場に射す澱《よど》んだ陽光が春川の片頬を照らす。

「本気でどろどろするくらいあんたをスキになったら、あんたを殺したくなるかもよ？」

目をあわせていると、昼さがりの陽射しを気怠く反射する春川の少し薄い色の瞳《ひとみ》に吸い込まれそうな気がした。

視線を受けとめたまま有海も微笑って、囁《ささや》くように答える。

「いいよ」

冷房の効かない階段の湿った熱気が、一人ぶんの距離をあけて座る二人を取り巻いて肌をべたつかせる。体育館でボールが跳ねる音が遠く聞こえた。

冗談で答えたわけではなかった。もし本当にそこまで自分を好きになってくれる人がいるのなら別にそれでもかまわないと、漠然《ばくぜん》と、けれどたぶん本気で考えた。

＊

夏休みに入ってすぐの頃、航兄と日野ちゃんがつきあいはじめた。〝一度会って話した〟結果何がどう進展したのかは有海が知るよしもない。といっても日野ちゃんは受験生だし（もちろん航兄と同じ大学を目指している）、航兄はそもそもインドア派であちこち遊びまわるのが好きではないので、図書館で一緒に勉強したあと軽くお茶して帰るとか、現状はそんな程度らしい。好きになったら殺すかもとかなんとか話していた有海と春川のねじれ具合と比べるまでもなく、世の中の若い男女のお手本にしたいような健全さである。

有海はといえば、マッキーやチサコたちと夏休みをうだうだと無為に消化することにもっぱら精をだしていた。

「航兄」

八月に入ったある日の夜。例によって風呂あがりのTシャツと短パン姿で航兄の部屋の戸口に座り込んで濡《ぬ》れた髪を拭《ふ》きながら、半袖《はんそで》シャツにジーンズというわりあいきちっとした格好でノートパソコンに向かっている航兄の背中に話しかけた。

「日野ちゃんとうまくいってる？」

「ああ、まあ」航兄の曖昧《あいまい》な返事が返ってくる。

「日野ちゃんのこと、好き？」

椅子をまわして航兄が振り返り、なんでそんなことあらためて口にしないといけないんだみたいな苦い顔でこっちを睨《にら》んだ。好きだからつきあわない？――頭からっぽのまま軽々とそういうことを口にする春川とはタイプが正反対だ。

「じゃあさ、」

しつこく返事を待つことはなく有海は別のことを口にした。普段より声が低くなった。

「日野ちゃんのこと……殺したいくらい、好き？」

航兄が訝《いぶか》しげに目を細めた。部屋の灯《あか》りは航兄の机の電気スタンドだけで、キッチンの灯りを逆光に背負った有海の表情が航兄のほうから見えているかはわからない。たぶん今、有海はなんの表情も浮かべていなかった。

「有海？」

問い返す航兄の声が心配そうになったので、

「なんて、冗談なりよ」

急に軽い口調で有海は話題を打ち切るとよいしょと反動をつけて立ちあがり、自分の部屋に大股《おおまた》で入った。椅子が軋《きし》む音がして、戸口で腕を摑《つか》まれた。二の腕に触れる航兄の手の感触に心臓が軽く跳ねた。

「何？」

「何か……思いだしたのか？」

「何かって、何を？」

意味がわからず訊き返す。背後に立った航兄の眼鏡の縁がキッチンの蛍光灯を白く反射している。レンズが鏡みたいな平板な光を放って航兄の目の表情は見えなかったが、少し蒼《あお》い顔をしているような気がした。

「いや、ならいいんだけど」

腕を摑んでいた手が離れた。

「航兄？」

「なんでもないよ。もう寝ろ」

ぽんと背中を押されて有海は怪訝《けげん》な顔のまま自分の部屋に入った。押し込まれるように背後で引き戸が閉められた。

「有海」

ドア越しに航兄のくぐもった声が聞こえた。

「春川と、最近会ってるか？」

「みんなで遊ぶとき、たまに来るよ。そうだ、夏休み前に春川に告られた。つきあおうって」

ベッドに腰かけて髪を拭きながら答え、ついでに思いついて言ってみた。引き戸に隔てられて航兄の反応が見えないのが残念だ。まあ有海が期待しているようなリアクションはしてくれないだろうが。

引き戸の向こうで一時沈黙があった。笑って軽く流される程度の話だと思っていたので少々意外に思いつつ待っていると、しばらくおいてから航兄の声が続いた。明瞭《めいりょう》で通りがいい落ち着いた声。この声で絵本やお話を読んでもらうのが好きで小さい頃よくおねだりしていた。

「……有海、俺は個人的には春川とはけっこう気もあうし、いい奴だと思う。だからお前を最初に送ってもらった日も別に心配してなかったし」

何故《なぜ》航兄が突然そんな話をはじめるのかわからなかった。ただ心の奥がざわざわと騒がしくなり、有海は無意識に何かを警戒してベッドから腰を浮かせた。航兄は何か、有海が聞きたくないことを言おうとしている。

遮《さえぎ》る前に航兄の声が再び聞こえた。

「でも、ちょっと思いなおした。お前はあいつとはあまり関わらないほうがいいんじゃないかって。似てるんだよ、お前ら二人」

そこまで聞いたところで有海ははじかれたようにベッドを蹴《け》って立ちあがり、勢いよく引き戸をあけた。目の前に驚いた顔をした航兄の長身が立っている。

「なんでいきなりそんな話するのさ？」

自分の声が我ながら珍しいほど険悪だった。心の奥がざわざわしていて、それがすごく嫌だった。難しいことを考えるのも話題にするのも嫌なのだ。ざわざわすることからもどろどろしたことからも無縁でいたいのに、どうしてまわりが放っておいてくれないのだろう。

有海の剣幕に航兄は一瞬気圧《けお》されたようだったが、気を取りなおして諭すように話を続けた。

「あのな、俺は兄貴として心配して」

「わたしは、」

遮った声が少しうわずった。一度唇を噛《か》んでから、

「航佑をお兄ちゃんだとは思ってない。ずっと前から」

目の奥に熱いものがこみあげてきて、押し戻そうとすると鼻の根っこのあたりがつんと痛くなった。

本気でどろどろするほどスキになったら殺したくなるかもしれない——春川の台詞《せりふ》が頭に浮かび、自分の中に暗い感情が芽生えるのを感じた。自分のものにならないなら、航兄なんて、死んじゃえばいい——。

「有……」

航兄の声で我に返って明るいところに引き戻された。

「ふ、ふへへへ」

頰を奇妙に引きつらせて無理矢理に笑う。

「なあんてね、嘘《うそ》だよ。もう眠いので寝呆《ねぼ》けた。寝るよ。オヤスミッ」

一方的に畳みかけ、唖然《あぜん》とした顔で固まっている航兄を戸口に残して引き戸を閉めた。

引き戸の取っ手に両手をかけたまましばらくその場に立っていた。息づかいが部屋の向こうに聞こえていないかと心配になり呼吸をとめる。少し待つと航兄が部屋の前を離れる

気配がしたのでほっと息を抜いた。

力を入れて取っ手を押さえていた指がその形のまま固まっていた。ぎこちなく取っ手から手を離し、身体《からだ》の横にだらりとさげた。沈黙が降りる一人きりの部屋で歪《ゆが》んだ笑いを頬にまだ張りつけて立ち尽くす。

（ばかやろう……）

こぼれた涙が変に引き攣《つ》れた頬をひと筋だけ滑り落ち、肩口で強く拭《ぬぐ》った。

＊

ストローでカップの中身をつつきまわすと薄いオレンジジュースの氷がかさかさ鳴った。ファストフード店の店内は冷房が効きすぎるくらい効いているが（地球温暖化対策なんかより暑気を避けて涼みに来る通行人の集客率のほうが当面のところ重要だ）、夏休みを相変わらず無為に過ごす高校三年生の頭の中はすっかり溶けかけている。ミュールのストラップを足の親指と人差し指で挟んで揺らしながら、有海はクリーム色のテーブルの化粧板に頬をつけて突っ伏した。

夏休みの遊び仲間は日を追うにつれ集まりが悪くなっていき、今日はチサコと二人だけ。マッキーは先週から家族と沖縄旅行、チサコもチサコで明日から大学生のサークルに混じって静岡のほうの海に行くとかで、ネイルの塗りを入念にチェックしている。

「有海も行こうよ。いい男もいるよ。有海、年上のほうが好きでしょ」

「んー……旅行は面倒くさい」

テーブルに突っ伏したままだらけた声で有海は答える（年上が好きって、なんで知ってるんだ、チサコ……）。とはいえ家にも帰りづらかったので、行こうかなという気も少しはあった。航兄とは昨日の夜引き戸越しに話したきり顔をあわせていない。今日帰ったらどんな顔をすればいいのかさっぱりわからなかった。

ちなみに夏休みになってから有海の癖っ毛は投げやりな感じになっている。今日はビーズのお花がついたピンで前髪をルーズに留めているだけだった。

「今日帰りたくないなあ」

「うち来てもいいけど、わたし明日早くでるよ」

「んー……早起きは嫌だなあ」

溶けかけた頭で有海はすっかりだらけきった相づちを打つ。夏の暑さのせいか、昨日普段使わない頭を使った疲れか、あるいはもともとか、思考に靄《もや》がかかって働かない。

「んー……」

「覇気《はき》がないねえあんたは。もっと若さを満喫しないといかんよ。今しかできないことっていっぱいあるんだよ？」

「もういいよ、このままお婆ちゃんになってしまっても。年金で暮らしたい」

「まだ納めてもいないだろ」

チサコのもっともな突っ込みを食らった。

「そこの溶けた女子高生、暇ならカラオケ行かない？」

軽いナンパ口調とともにハーフパンツやラフなジーンズの男子の脚が複数、テーブルの脇に立った。「ナンパは間にあってます」チサコが気のない声で突き放してから、「と思ったら、なあんだ、あんたたちか」と拍子抜けしてつけ加えた。有海ものろのろと視線をあげた。

見知らぬナンパ集団かと思ったら、見覚えのある四組の非受験組の男子が三、四人。私服になると大学生と区別がつかない。

「なあんだって、冷たいのな。暇そうにしてたから誘ったのに」

「行ってもいいけど、わたし明日早いからすぐ帰るよ」

「佐倉は？」

「うーん、行ってもいいよ」

気力なさげに答えながら何気なく首を巡らせて、男子たちの中に金茶色の目立つ頭を見つけた。口の端に煙草をくわえて、カラオケ自体にはあまり興味なさそうにガラス張りの店内から外の通りのほうを眺めている。だらっとしたTシャツにスポーツメーカーのラインが入ったナイロンパンツという格好で、ウォレットチェーンの根もとでいつもどおりサルのマスコットが脱水症状を起こしたみたいにくたっと手足を垂れている。

じゃあちょっとだけ行こうかという流れになり、ぞろぞろと集団で店をでる。残っていたオレンジジュースの氷を分別してダストボックスに放り込むのに有海は少し手間取ってからみんなのあとを追いかけた。自動ドアがあいた途端、むわっとした熱気が冷房の効いた店内の空気を押しのけて入り込んでくる。暑気にあてられて立ちくらみがした。戸外の強い陽射しが暗い緑色に瞬いて、軽くふらつきながら前を行く集団のあとに続く。傾いた視界にサルのマスコットが見えた。

前のめりによろめいて、そのサルの胴体を思わず摑《つか》んでいた。

サルの所有者、春川が驚いて足をとめた。その場に立ちどまった二人が集団に置いていかれる。振り返った春川と目があった瞬間有海は視線をはずし、しかしまだ春川の腰についたサルはしっかり握ったまま、

「今日、家行ってもいい？」

「はい？」

裏返った声で春川が訊き返してきた。若干ぼうっとした頭でサルを凝視したまま、有海は繰り返した。

「家行ってもいい？　泊めて」

有海、大丈夫？　うち来てもいいんだよ。なんならわたし旅行やめてもいいし。何かあったら電話するんだよ。わかったな。

カラオケの最中にチサコにしつこく言われたものの、それが逆に有海を意固地にした。何かあったらって何があるのさ。

――春川さんはやめたほうがいいよ。

――あいつとはあまり関わらないほうがいい。

日野ちゃんや航兄にまで忠告されたことと重なる。なんでみんなしてそんなことを言うんだ。春川はかなり変な奴だけど面白いし一緒にいると（気が抜けるくらいに）気楽だし、それに有海を好きって言ってくれる。誰にも苦言を言われる筋合いはなかった。

春川が独り暮らししているというフラットは高校からチャリで飛ばして十五分くらいのところにあって、驚いたことに十二階建ての高級マンションの十一階という高層階、3LDKもある部屋だった。玄関先に突っ立って有海はその広さに呆然とした。航兄と二人でぎりぎり住んでいる、自室に行くのに航兄の部屋の端を失礼して通らないといけないような2DKとは天と地ほどの差がある。

「っても広いだけで何もないよ」

春川が言ったとおり、十畳を優に超えそうなリビングはがらんとした印象だった。家具と呼べるものはテレビとコンポ、灰皿が載ったローテーブル程度で、CDや雑誌やカップラーメンの空容器が適度に床に散らかっている。「部屋あまってるからどこで寝てもいいけど、布団がないかも。あとで俺のベッドから引っ張ってくる」ゴミを蹴とばして場所をあけながら春川はそう言ったあと、おずおずとリビングの戸口をまたいだ有海を振り返り、

「それか一緒に寝てもいいけど」

と無邪気に笑って言った。

その台詞《せりふ》はさっくりと黙殺して有海はリビングの窓辺に目を向けた。ほとんど壁一面を占領して大きく張りだした窓にはカーテンすらなく、格子状の網入りガラス越しに十一階の夜景が見おろせる。駅の方向に面した窓で、駅前の繁華街のネオン群が眼下に瞬いていた。電車であろう、ちらちらした黄色い光の連なりがひと筋、ひときわ暗い闇が沈む一帯を蛇行《だこう》して縫っていく。当然ながら電車の騒音は十一階までは聞こえない。

闇の海の遠くのほうに都心の光の群れが見えている。星が瞬く宇宙の真ん中に浮かんでいるみたいな現実味の薄い感覚に襲われ、心許《こころもと》なさと心地よさが混ぜあわさったような変な気分になった。

素足で床を踏む。全面フローリングの床には絨毯《じゅうたん》もなく、家具の少なさも手伝って、引っ越しがあらかた終わって荷物とゴミがいくつか残されたような閑散とした雰囲気だ。

「なんでこんないい部屋に一人で住んでるの？　春川ん家《ち》ってお金持ちだったんだ」

「別に金持ちじゃないよ。ガキんときなんかすげえ貧乏だった。何か飲む？　あ、ビールしかないかも。下でなんか買ってくればよかった」春川はリビングと対面式になったキッチンのほうへ行って冷蔵庫を覗《のぞ》き込んでいる。「ここ、うちのハハオヤがコイビトに買ってもらった部屋。いつのコイビトだったか忘れちゃったけど……三、四年前かな。俺はそこに勝手に住んでるだけ」

「コイビト？」

「うち、チチオヤいないから。俺の学費も生活費もほとんどハハオヤの男の金。それで金だしてもらう約束は高校までってこと」

缶ビールとミネラルウォーターのペットボトルを持って春川は戻ってきた。こんなもんしかなかったと言ってローテーブルにそれを置き、フローリングに直に座る。有海もそばに寄って冷たいフローリングに膝をついた。冷房はあまり効いていないが八月のわりに室温は適度で過ごしやすい。閑散としていて寒く感じるくらいに。

「二回くらい再婚したと思うけど、すぐ別れちゃった」

どちらかというと穏やかでない自分の身の上話を、春川は特にトラウマもコンプレックスもなさそうな感じであっさりと話し、缶ビールのプルタブを引いて喉《のど》に流し込んだ。こきゅこきゅと鳴る出っ張り気味の喉仏から鎖骨のラインを、綺麗《きれい》だなあと思って有海はしばらく隣で見ていた。首筋や腕もそうだが春川は全体的に肉づきが薄くて骨格のラインがよく見える。缶ビールに口をつけつつ春川が有海の視線に気がついて横目でこっちを見たので気恥ずかしくなって目を逸《そ》らした。

ローテーブルの上に有海も持っている〝NIKITA〟のニューシングルと、くしゃくしゃになった紙飛行機が放りだされているのを見つけた。

「これ、まだだしてないんだ」

人のことは言えないが。紙飛行機に手を伸ばして開いてみる。進路調査票の志望先には相変わらず『FBI』と書かれたままだった。

右肩に書かれた氏名の欄にふと目が行った。以前見たときは視界の表面で何気なく流しただけだったが、

「春川の下の名前って、なんて読むの?」

「なんて読める?」

本人に訊《き》き返される。うーんと有海は首をひねり、

「しん……よう。……ま……よう?」

「まひろ」

吐き捨てるように春川は正解を言った。きょとんとして有海は春川の横顔を見る。

「名前、嫌いなの?」

「あんまり。男か女かわからない名前だし」

「いい名前だよ。ほら、〝洋〟って〝海〟って意味だよ。わたしとおんなじだ」

春川真洋《まひろ》。

まひろ……まひろ……。

頭の中で繰り返す。何かが頭に引っかかった。

飲みかけの缶ビールを脇に置いて春川がナイロンパンツのポケットから煙草を摑《つか》みだした。白地に赤い円が描かれた〝ラッキーストライク〟と蛍光グリーンの百円ライター。

「煙草変えた？」

と有海はあまり考えないまま訊いていた。くわえた煙草にライターで火をつけながら春川が不思議そうに瞬きをする。

「変えてないよ？」

「前、違うの吸ってた。つんとするやつ」

最初に埠頭《ふとう》で会ったとき、メントールの煙草の臭いが鼻についたのを覚えている。あの臭いにあてられて有海は気分が悪くなったのだ。

春川は少し考えるような顔をしたあと、

「ああ、それ。俺のじゃない。ハハオヤの。直前に会ってたから」

「ふうん……」

コイビトを作っているというそのハハオヤとはときどき会っているのか。自分の母親の

ことを頭の隅でなんとなく考えつつ有海は春川のほうについと手を差しだし、

「わたしも吸ってみたい」

「えー」

と春川は嫌そうに煙草をくわえた口の端を歪《ゆが》めた。

「未成年ではないですか、キミは」

「春川だって未成年じゃん。ビールだって」

「俺はいいの、ダブってるから」

なんの自慢なのやら理由にならないことを偉そうに言う。

「いいじゃん。堅いことゆう人キライ。先生みたい」

「いいけどさあ……」渋々という感じで春川は吸いかけの煙草を指先でつまんでこっちに差しだした。「こんなのバレたら俺、佐倉に殺されそうだなあ」ぼやく春川を尻目《しりめ》に有海は平然とそれを受け取る。航兄の名前をだされたことで余計に意地になった。

今頃航兄は、もしかしたら日野ちゃんと会っているのかもしれない。昨夜《ゆうべ》有海が部屋で泣いたことになんて気づきもしないで。

フィルターに春川の唇の痕がかすかについて軽く潰《つぶ》れていた。同じ場所を唇で挟み、投げやり気味に一気に吸い込んだ。

途端、激しくむせて身体を折った。

「ほら見ろ」

放りだしそうになった煙草を春川が取りあげた。「うえー……」口いっぱいに苦い煙の味が広がって涙目になりつつ有海は手渡されたミネラルウォーターのペットボトルを引ったくった。肺の中まで洗い流すように水を呷《あお》ったが、苦い味が身体の中からわいてきて離れない。うずくまって咳き込む有海の背中を春川が仕方なさそうに軽くさすった。

こんな不味《まず》いもののために好んで寿命を縮める人間がよくいるものだ。コールタールでも飲み込んだような苦みがしつこくこびりついていっこうに消えなかった。

視界に影が被さった。喉をさすっていた手を摑《つか》まれて、気づくと床に仰《あお》向《む》けに押し倒されていた。キャミソールの露出した肩と背中が冷えたフローリングに触れる。細いくせして春川の腕は思ったよりも力があって、人差し指と中指のあいだに煙草を挟んでほとんど残りの三本の指だけで有海の手首を押さえているのにびくともしなかった。やっぱり男子なんだなあという緊張感のない感想が頭をよぎった。

一瞬だけ反射的に身体が強張《こわば》ったが有海は抵抗しなかった。春川が床に肘《ひじ》をついて顔を近づけてくる。けっこう睫毛《まつげ》が長くて色素が薄いんだなあと考えているうちに、唇が触れた。鼻先が軽くぶつかりあい、春川が少し首を傾けて舌の先で有海の唇をこじあけた。口の中でお互いのなまぬるい舌の感触が絡まった。

そんなに長い時間ではなかった。唇が離れてから舌が抜け、至近距離で二人の目があう。

仰向けになったまままっすぐ春川の顔を見あげて有海は言った。

「どろどろしてきた?」

「うん。少し」

真面目な顔でこっちを見つめ返して春川が頷《うなず》く。けれどすぐにおどけた顔になってはぐらかすように斜め上のほうに視線を逃がし、

「ていうか、どうせ佐倉に殺されるんならもっと悪いコトしとかないともったいないかな、と思って」

ぽろっと、有海のこめかみを涙が滑った。熱い水滴がすぐに冷えて耳の中に入った。

春川が何ごとかというようにぎょっとする。

「航兄は怒んないよ……」

くしゃっと表情を歪め、まるで小さい子が道端でお菓子をねだって駄々をこねるみたいに有海は顔を覆いもしないでぽろぽろと涙をこぼした。そのうちに体面もなく大声をあげて泣きはじめた。寝転がったままわんわんと、ときどき変なしゃっくりみたいな嗚咽《おえつ》を漏らして。

「なんで航兄は、わたしのことそういうふうに見てくれないのかなあ。なんでわたしの好きな人がわたしを好きじゃないのかなあ……」

春川はぽかんとして目の前で泣きじゃくる有海の顔を見つめていたが、「なんだ、それ

かよ……」と、拍子抜けしたように吐き捨てて身体を起こした。「キスしたあとで他の男のこと考えて泣くか、「フッー」舌打ちして煙草を灰皿に押しつけ、不機嫌そうに残ったビールを飲みなおしはじめる。それきり春川は何も言わなくなってしまい、そんな春川の隣で寝転がって、有海はそれからしばらく気が済むまで一人でぐすぐす泣いていた。

佐倉の伯父さんの家に引き取られてから、人前で涙を見せたことなんて一度もなかった。有海はいつもふにゃふにゃと笑っている子供だった。なんだって春川の前でいきなり恥も外聞もなく泣きだしてしまったのだろう。

カーテンのない窓の外の景色は綺麗《きれい》だけれどまったくの無音だった。春川のハハオヤが春川とは関係のないコイビトに買ってもらったという十一階のだだっ広いフラットはまるで地上から切り離されて空に浮かんだ孤島みたいで、そんな部屋で一人で寝起きしている春川は生活感がなくて現実から逃避しているような奴で、だから春川といると居心地がよくて素《す》になれるのかもしれない。春川といると今も未来も考えなくていい。二人で一緒にふわふわ漂う蛍を追いかけていられる。空に浮かんだフラットは不安定でいつ墜《お》ちるかわからないけれど、ここにいるといろんなことから逃げられる気がする。

煙草の味がまだ口の中に残っていて苦かった。はじめてのキスは煙草と涙の味しかしなくて、ただただ苦くてしょっぱかった。

＊

耳に馴染《なじ》んだ着メロが夢うつつの意識の表層を刺激することなく撫《な》でていき、電話が鳴っていることにしばらく気づかなかった。うっすらと意識が現実に引き戻される。枕もとで緑色の着信ランプが点滅していた。

(どこだっけ……)

片手でぺたぺたと携帯電話を探しながら、自分がどこにいるのかすぐにはわからなかった。いつもと寝心地が違うベッド。見慣れない天井が暗闇に浮いている。

少しずつ目が覚めてきた。そうだ、春川の部屋に泊まったのだった。寝室のベッドは有海が拝借することになり、春川はリビングにベッドマットを引きずっていった。ほっぺたがひりついて瞼《まぶた》が重く、泣き顔のまま眠ってしまったのだと思いだす。上体を起こすと寝間着がわりに借りた男物のTシャツの襟ぐりが肩までずり落ちた。

〝NIKITA〟の着メロに注意を戻す。枕もとに置いておいた携帯電話を引き寄せ、液晶画面に映る発信元を目にして若干ためらった。けっこう早く寝てしまったのでデジタル時計はまだ零時を少しまわった時間。

躊躇《ちゅうちょ》したもののフリップを開き、小声で電話にでた。

「もしもし」

『有海』

航兄のほっとしたような吐息が電話口で聞こえた。

『さっきも電話したけど留守電だったぞ。また応答メッセージ変なのに変えやがって……』さっき……チサコたちとカラオケ屋にいたときかもしれない。着信に気づかなかった。『どこにいるんだ、こんな時間まで』

「んあ。ごめん」

わざと寝呆《ねぼ》けた声を作って応じながらベッドを降りた。寝室の戸口の隙間《すきま》からリビングの灯《あか》りが漏れている。戸口に立って覗《のぞ》くと、つけっぱなしの電気の下、クッションを枕がわりにタオルケットにくるまって眠っている春川の姿が見えた。ローテーブルの前に薄いベッドマットが敷いてあったが春川の身体はほとんどそこからはみだしている。

金茶色の髪が無雑作にかかる春川の寝顔を眺めながら、電話口に囁《ささや》いた。

「チサコたちと海行く。しばらくチサコん家《ち》に泊まるかも」

正直には言いにくくてなんとなく嘘をつく。

『有海、お前何か怒ってるのか？　昨日も様子が……』

「別に何も？」

昨夜の有海の反発の理由を航兄はやっぱり何もわかっていなかったようだ。鈍感人間め、怒る気にもならん。せいぜい日野ちゃんとよろしくやるがいいさと胸中で悪態を吐いた。

すぐに切ろうとしたが、ふと思いついて別の話題を切りだした。

「ねえ航兄、春川の下の名前って知ってた？」

『春川の？』突然の話題の転換に意表をつかれたように訊《き》き返す声のあと、一拍の間があってから答えが返ってくる。『いや、そういえば知らないな』

「じゃあいい。適当に帰るから心配しないで」

それだけ言って、次の返事を待つことなく一方的に電話を切った。

戸口で息を潜めてもう一度寝顔を確認したが、明るかろうが誰かが喋《しゃべ》っていようがどうやら寝ついたら起きないタイプらしく春川が目を覚ました様子はなかった。クッションから頭が半ばずり落ちて頬がフローリングにくっついている。子供みたいな寝相だなと微笑《ほほえ》ましいような呆《あき》れたような気分になりつつ、ローテーブルの上にほっぽりだされているくしゃくしゃのプリントに目が行った。

特徴のある筆跡でプリントに書かれていた名前、春川真洋。

まひろ——。

あれ以来妙な電話もなかったので結局番号は変えないままなし崩し的に事件はそのままになり、記憶から消えかけていたが、今再び思いだしていた。

〈サンタさん、きっとクリスマスにおかあさんをうちに届けてください。……まひろより〉

あの間違い電話のメッセージの男の子が言っていた名前。

どういうこと……だろう。もちろん必ずしも珍しい名前ではないし、普通に考えれば偶然同じ名前っていうだけだとは思う。でも確か春川は、昔あの埠頭《ふとう》地区のあたりに住んでいたって言ってなかっただろうか。

どういうこと……？　同じ単語が頭の中で堂々巡りする。あの間違い電話と春川と、何か関係があるんだろうか？　春川が悪戯《いたずら》電話をしていたとか……でもそんなことする意味がわからないし、それに……あれ？　そうだ、あの番号は今は使用不可になっていたはず。ないはずの番号からどうして電話をかけられる？

どういう、こと……？

手に持った携帯電話に視線を落とす。閉じたフリップをゆっくりともう一度開き、ボタンを押す。着信履歴を遡《さかのぼ》り、一九九八年というおかしな着信日時を付与された不在着信の〇三局の番号を見つける。

一拍だけためらってから、発信ボタンを押して電話を耳にあてた。

ぷつぷつという小気味よい発信音のあとしばらく無音になる。待ち時間がずいぶん長く感じられた。鼓動が知らずに速くなる。

少しの無音をおいてから、無機的な女性の声でメッセージが流れはじめた。

『おかけになった番号は現在使われておりません。おかけになった番号は現在……』

肩の力と一緒に、とまっていた呼吸がふうと抜けた。前に航兄の電話からかけたときと同じメッセージ、やっぱり繋《つな》がらない。電話を耳にあてたまま拍子抜けしてしばらくぼうっとしていたあと、寝室の戸口に座り込んだ。相変わらず目を覚ます様子のない春川の平和な寝顔を見てなんだかほっぺたをつねりあげてやりたい衝動に駆られる。

溜め息をついて電話を切ろうとしたとき、耳から離した電話の中で、ふいにくぐもったノイズが聞こえた。

訝しげに再び電話を耳にあてる。がりがり、ぶつぶつと数秒のあいだひどいノイズが続いたあと、よくある電話の呼びだし音が耳の奥に聞こえはじめた。

(何……？)

くぐもった呼びだし音が耳鳴りのように鳴り続ける。頭の中いっぱいに呼びだし音が乱反射して拡大されるような感覚に、意識が軽くくらっとした。長い呼びだし音が十回ほども続いただろうか、音が途切れた。一つ唾《つば》を飲み込んで待つ。ぷつりという短い雑音のあと、電話の向こうで声が聞こえた。

『もしもし……？』

時間が時間なせいか少し寝呆け気味の子供の声だった。たぶん間違いない、留守メッセージの男の子の声。肌に触れる空気が一段冷え込んだような気がした。いつの間にか乾いて張りついていた上唇と下唇を引き離し、掠《かす》れた声をだす。

「まひろ……くん？　はるかわまひろくん……？」

電話の向こうで一時沈黙があった。窺《うかが》うような間をおいてから、怪訝《けげん》そうな男の子の声が答えた。

『……うん。誰？』

瞬間、有海は親指で切断ボタンを押していた。

無音になった電話を両手で握りしめ、待ち受けに戻った液晶画面を凝視する。手のひらに冷たい汗が滲《にじ》んでいた。

(何……今の……)

硬直した首をぎこちなくまわして視線を再びリビングに巡らせる。ベッドマットから完全にはみだした春川がフローリングの上で平和そうに寝返りを打ち、何かむにゃむにゃ言いながらタオルケットを引っ張り寄せて頭に被《かぶ》った（かわりに足がでた）。反対側を向いてしまったので春川の寝顔は見えなくなり、被ったタオルケットの端から金茶色の頭だけが覗いている。手にした携帯電話とぼさぼさの金茶色の髪を有海は慄然《りつぜん》として見比べた。

はるかわまひろ……という、あの男の子は、いったい誰なんだ……？

3．コドモだけが知っている。

『……になった番号は現在使われておりません。おかけになった番号は現在使われておりません。おかけになった番号は現在使われておりません。おかけに……った……ばんゴウ、ハ、……ジ……ンザイ……ジジ……リ……セ……ジ、ジジジ……ザ――――……――ルル……ルルルル……プルルルルル……』

今日もいつもと同じ。何度も何度も繰り返し聞いた女の人の平板な声のあとでノイズが入り、呼びだし音が十回くらい。しばらくたって、さっきと別の女の人の声がでる。最初の女の人の明瞭で、でも繰り返し聞いても印象に残らない個性の薄い声とは違う、少し舌足らずで覇気《はき》のない感じが妙に印象的な声。

『もしもし。こちらウミガメですが、ただいま産卵中のため……うーん、なんかいまいち面白くないな。えーととにかくでられませんので、メッセージどうぞ。

ピ――……』

指示に従って、今日学校であったことをほとんど機械的に話してから、最後にいつも同じような問いかけをする。

「おかあさん、今度いつ、帰ってきますか?」

電話機に受話器を置いて息をつく。古くて狭いアパートを埃《ほこり》っぽい静寂が支配している。部屋の隅にいつものお化けがうずくまっている。そいつは両目のところにだけ穴があいた埃まみれの灰色の毛布を被っていて、二つの丸い穴の向こうから闇そのものみたいな真っ黒い目玉でこっちを窺っている。少年が一人きりのとき、そいつは決まってどこからか現れて、何をするでもなくただそのへんにいて、少年が部屋の中を移動するたびに部屋の隅から隅をうずくまったままもぞもぞと移動する。埃と湿気の臭いがする辛気くさい奴だった。

裸足《はだし》に部屋着姿で少年はぺたぺたと部屋を横切る。お化けがのろのろと部屋の隅を移動する。1DKの安アパート。少年の荷物はランドセルと勉強道具と、少しの着替え程度しかない。化粧台には色とりどりの化粧道具の小瓶が並び、衣装ダンスやハンガーラックには綺麗《きれい》な服がたくさんかかっていた。週に一度か下手したら一ヵ月に一度くらい、母親は化粧品や洋服を取りに帰ってきて、少年がそれを見ていると疎《うと》ましそうにこっちを睨《にら》んで一万円札を数枚少年の手に押しつけていった。

「あんたのその目見てるとぞっとする。あんたなんか死んでくれればいいのに」

というのが母親の口癖だった。彼女にはコイビトがたくさんいたが、息子というお荷物がいるせいで長く続かないことが多い。彼女に言わせれば彼女の人生がうまくいかないのはすべて産みたくもなかった子供のせいだった。

しかしそんな邪魔なだけの子供に少なくとも生き延びるのに困らないだけの現金を渡してくれ、学校にも通わせてくれる、彼女はとてもいい母親だと少年は思っていた。母親は少年を疎んでいたかもしれないが少年は母親のことが好きだったし、母親が帰ってくる短い時間だけは灰色のお化けは姿を隠すのだった。

ハンガーラックから服を物色して一着引っ張り降ろす。青地に白いラインがあしらわれたツーピースのスーツで、母親の古い服だ。自分の文房具の中から工作で使うカッターナイフをだしてくる。

刃をだしたカッターナイフを振りあげて、青い服を胸もとから一気に切り裂いた。部屋の隅でお化けがびくりとして身をすくめた。母親が理科室の人体模型そっくりの内臓を覗《のぞ》かせて倒れる姿を想像する。頭の中で母親の肉体をばらばらに解体しながら、青い服をぼろぼろに切り裂いた。

あんたなんか死んでくれればいいのに——。

「おかあさんが死ねばいいのに……」

呟いた声が埃と一緒に部屋の底辺のほうに沈んで膝《ひざ》を湿らせる。

母親に殺される前に母親を殺さないといけないと、いつ頃からか少年は憑《つ》かれたように考えるようになっていた。そうしたら彼女はもう自分を憎まない。自分だけのものになる。コイビトのところにも行かなくなる。灰色のお化けも現れなくなる。

深く握ったカッターナイフの刃の根もとに右手の親指と人差し指の付け根があたっていた。手のひらから指の関節をつたって血が滴り、安アパートの薄っぺらいカーペットに赤黒く染み込んだ。

遮《さえぎ》るもののない網入りガラスの大きな窓から白い陽《ひ》が射していた。枕にしていたクッションは何故《なぜ》だか遠くのほうに転がっていて首が痛む。しばらくそのままフローリングに転がって（そういえばベッドマットもあったはずだがどこに行ったのだろう。謎だ）、網入りガラス越しに東京の薄く濁《にご》った青灰色の夏空を見あげていた。

視界の端に床に投げだした自分の右手が見えていた。軽く開いた手のひらに古い切創が幾本も引き攣《つ》れた痕《あと》になって残っている。

「痛《い》てて……」

凝り固まって軋《きし》む背中を起こすとタオルケットが肩から滑り落ちた。首をさすりながらまだぼうっとした頭で周囲を見まわす。吸い殻が数本突っ込まれた灰皿とビールの空き缶が床に転がっている。テーブルの上にはミネラルウォーターのペットボトルとくしゃくしゃのプリント、テレビのリモコン、ＣＤ、財布、携帯電話。いつもと変わらない風景に、わずかに自分以外の人間の匂いが残っていた。

「佐倉《さくら》……？」

タオルケットを軽く蹴《け》とばして立ちあがった。ふらふらと歩いていってあけ放された寝室の戸口に立つと、ベッドの寝具が人が入っていた形跡を残したまま放置され、貸していたTシャツがその上に脱ぎ捨てられていた。バスルームに意識を向けたが人の気配はない。廊下の先の玄関からビーズのストラップのミュールが消えていた。

（人んちに泊まっといて布団も直さずに帰るとは、なんてガサツな……）

半眼で呆《あき》れつつ、寝癖のついた髪に指を突っ込んで掻《か》きまわした。

がらんとした部屋はいつもどおり無音に戻っていた。分厚い強化ガラスで隔離された十一階のフラットに外の世界の騒音は届いてこない。

窓ガラスに背中をつけて座り込み、起き抜けの習慣で煙草《たばこ》に火をつけたとき、携帯電話に不在着信を示すランプが灯《とも》っているのに気がついた。寝ているあいだに誰かがかけてきたようだ。着信音は切っていなかったはずだが当然のように気づかなかった。四つん這いで携帯電話に手を伸ばし、着信履歴を見ると、一時間ばかり前、同じクラスのハラショー（本名ハラダショウジ）からだった。

窓辺に戻って座りなおし、くわえ煙草で発信元に返信する。耳にあてた電話の向こうで呼びだし音が鳴りはじめる。相手の応答を待つあいだ、下の車道の活気ある往来が音を消したテレビの映像のように他人《ひと》ごとの風景として視界の端を流れていく。

呼びだし音が数回鳴ったところで相手がでた。

『うぃす、春川《はるかわ》さん？』

「うぃす。おはようございます」

『午後だよ。遅えよ。今いつものマックにいるけど来る？』

電話越しにいつもの連中のがちゃがちゃした話し声が聞こえる。自分の部屋よりも電話の向こうの世界のほうが現実感があった。

「佐倉来てる？」

『サクラ？　サクラウミ？』

「そう。確か」ウミっていうのか。今さら認識した。佐倉航佑《こうすけ》の従兄弟《いとこ》というだけで本人の名前をいまいち意識したことがなかった。

電話口の声が遠くなって少しやりとりがあってから、

『来てないって。他のクラスの女ならいるけど』

「ふうん」

足の指で引き寄せた灰皿に煙草を押しつけて、

「悪い。今日はやめとく」

そう言って電話を切った。

後ろ頭の寝癖を引っ張りつつ、テーブルに放りだしてあった財布つきのウォレットチェーンを手に取る。紙飛行機の折れ目がついたくしゃくしゃのプリントが目に入った。『F

BI』という自分の投げやりな字がプリントの端から覗いている。一応真面目に書いたんだけどなあ、とちょっと口をとがらせる。

革の財布の札入れにはいまいち心許《こころもと》ない金額しか入っていなかった。記憶をたぐって銀行の残高もだいぶ心許なくなっていることを思いだす。

(金、そろそろもらおう)

財布を尻《しり》ポケットに突っ込んでTシャツだけ着替えた。

＊

「航兄《こうにい》、時間を超えて電話が繋《つな》がるなんてこと、あると思う?」

『はあ? いきなりなんの話だ?』

「例えば、そうだな……かけた先の電話番号が消滅してて繋がらなかったとき、過去とか未来とかの、その番号が存在してる時間に繋がっちゃうとか」

『何よくわからないこと言ってるんだ。頭でも打ったのか?』

電話口の相手の反応はまるで話にならないという感じだった。もともと航兄は占いとか超常現象の類を信じないほうで、小さい頃、テレビで怪談特集を見たあとなんかに一人でトイレに行けないと有海《うみ》が泣きつくたびに、本だか漫画だかで知識を仕入れたらしいプラズマ現象理論やら何やらを引っ張りだして有海の話を徹底的に叩き潰して無理矢理納得させた。それで落ち着いた有海はその日は航兄と一緒の布団で安心して眠るのだった。まだ航兄の存在が有海にとって単純にお兄ちゃんであった頃の懐かしい思い出だ。

「なんでもない。電車の中だから切るよ」

『って、どこにいるんだお前。一昨日《おととい》からどっかおかしいぞ』

「どうせいつもおかしいさ」

素っ気なく言って通話を切った。

夏休みの昼間、東京湾沿いの埋立地区を南へ下る私鉄城南京浜線はすいていた。うっすらとガスがかかる夏空の下、コンテナ埠頭《ふとう》に付随して建ち並ぶ倉庫群の脇をなんだかとろとろした速度で抜けていく。一列七人がけの座席に一人でぽつんと座りながら、有海は首をまわして車窓の風景に視線を流す。

窓の外に学校らしき敷地が見えてきた。灰白色の角張った建物とフェンスで囲われた無人の校庭が車窓をゆっくり流れ過ぎていく。校舎の裏手にちょっとした雑木林があった。

(小学校の、林……)

——学校の裏の林にお墓を作って埋めました。

少ししてから電車は埠頭公園に最寄りの駅に滑り込んだ。七月に来たときは航兄と二人で降りたホームに今日は一人で降り立つと、かすかな潮の香りが鼻腔《びこう》をくすぐった。

夏休みだから当然かもしれないが、小学校の校庭に面した正門は鉄格子の門扉で閉ざされていた。職員用の玄関ならあいているかもしれないが人に説明できる用件でもないので、フェンスをまわって裏に見えた雑木林に足を向けた。

華奢《きゃしゃ》なミュールの底で湿った土を踏む。汚れるのはたいして気にならないが、土に埋もれた木の根っこや蔓性《つるせい》の植物が絡んだ下草が踵《かかと》やつま先に引っかかって歩きにくいことこのうえなく、しょっちゅう転びそうになる。蝉《せみ》の声が耳にうるさいぐらいに充満している。こういう場所で遊んだ記憶がほとんどないので自然が逆に不自然で、盛大な蝉の鳴き声が攻撃性を帯びて聞こえる。都会の騒音のほうが有海にとっては馴染《なじ》み深かった。頭上に繁る枝葉に遮られてちらちらとしか見えない青い空が、ビルの谷間から見あげるくっきりと切り取られた空よりもひどく頼りなく遠くに感じられた。

探してどうするんだろう。もし何かが見つかったとして、だから何？　という考えが何度も心をよぎったが、不思議と足は引き返すことを拒否して雑木林の奥へと踏み入っていく。

もし本当にあの〝はるかわまひろくん〟が春川だったとして、それを突きとめて自分は何がしたいんだろう。誰も信じやしないだろうし、今さら何が変わるわけでもないし、春川は今普通に元気にしているんだから何も問題はないし。だいたい考えてみると、自分は春川のことになんでそんなに興味があるんだろう。

春川に興味があるわけではない気がしていた。自分自身の記憶のどこかに引っかかるものがある。心の奥の引っ掻き傷みたいなところに何かが触れて、ざらざらしている。

絡まった下草にミュールのつま先が引っかかってつんのめった。「おっ」踏みとどまろうとしたものの努力虚《むな》しく思いきりすっ転んだ。

「痛《い》ったあ……」

膝を擦《す》り剥《む》き、反射的についた手のひらも濡《ぬ》れた下草で擦り切れてひりひりする。「うう、汚したらまた航兄に怒られるなあ」しばらく家に帰るつもりはないにもかかわらずついつい日常的な泣き言が漏れた。よろよろと上体を起こして脱げかけたミュールを履きなおし、膝《ひざ》についた土を払う。

ひりひりする両手の泥を払い落としながら立ちあがったときだった。

あきらかに自然のものではない、細長い板のようなものが、木の根もとに堆積《たいせき》した腐った葉っぱに半ば埋もれて突き立っているのを見つけた。ミュールがずぼずぼと埋まってよろめきながら歩み寄り、しゃがんで両手で葉っぱを掻き分けると、同じような板が他にも二枚、土の中に埋もれて倒れていた。何か書いてあったのかもしれないが、古いものらしく黒ずんだ木目に文字の形跡は見られない。

(見つ……けた……？)

鼓動がとくんと跳ねた。背筋に冷たい緊張感が張りつく。

手近にあった枝を拾って有海は土を掘りはじめた。頭ではあまり考えずに手だけが自動的に動いて作業を続ける。土の中に木の根が張り巡らされて作業はなかなかはかどらない。そのことからも以前ここが掘られて土がかけられてから何年もたっているのが窺《うかが》える。

枝の先が硬いものに触れた。枝を手放し、手で土を掻《か》き分ける。石ころか何かかもしれないとあまり期待はしていなかったが、現れたのは、ぼろぼろに風化したビニール袋に包まれた、白っぽい骨のようなものだった。

（骨……！）

思わずあとずさって尻もちをつきそうになった。

人骨ではないかと一瞬思ってしまったが、よく見ると茶色っぽい短い毛がところどころにこびりついた、小型の動物の骨のようだ。

〈ウサギが二匹死にました。学校の裏の林にお墓を作って埋めました……〉

〈猫が罠《わな》にかかって死んでました。ウサギの隣にお墓を作って埋めました……〉

留守番電話の少年の声が脳裏に甦《よみがえ》る。唾《つば》を飲み込んで気を取りなおし、枝を使ってさらに掘り進めると、ビニール袋の残骸《ざんがい》とともに小さな動物の骨が他にもいくつかでてきた。

最後にもう一つ、枝の先に引っかかるものがあった。

〈ウサギと猫のお墓の隣に……〉

枝を放りだして素手で土を掻く。布地のようなものが土の下に埋まっていた。破かないように慎重に引っ張りだす。だいぶ変色しているが、おそらくもとは鮮やかなブルーの生地の、女性物のジャケットっぽい衣服だった。

ジャケットの胸もとから裾《すそ》にかけて、刃物で斜めに鋭く切り裂かれた痕跡《こんせき》があった。刃物——頭の中でふいに警鐘が鳴る。軽く吐き気がこみあげてきて視界がちかちかした。それでも手はとまらずにさらに土を掻き分ける。ジャケットの他に同じ生地のスカートがでてきた。これを着ていた人間が、あるいは埋まっているのでは……ぞくりとしたものが背中を這《は》いあがる。

しかし人骨らしきものは見つからず、かわりに埋まっていたのは、栗色の巻き毛が無惨にぼさぼさになった古い西洋人形だった。

緊張の塊が頭のてっぺんから足の先まですとんと抜けていくような気がして有海はその場に座り込んだ。泥だらけの手で頬《ほお》を拭《ぬぐ》う。湿った土が顔に塗りたくられた。掠《かす》れた声が口から漏れた。

「嘘《うそ》つき……」

裏切られたような気がした。別にスキャンダルを期待していたわけではない。日野《ひの》ちゃんに聞いた春川の中学時代の話としつこいくらいの忠告。春川さんはやめたほうがいい――。しかし有海は、おそらく心のどこかで、日野ちゃんのその話が本当だったらいいと思っていた。春川がそういう人間であればいいと思っていたのだ。

何故だかはよくわからない。けれどなんとなくだがそれは、仲間を探す感覚に近かったかもしれない。

＊

小学校二年生までの記憶が有海にはほとんどない。明確に覚えているのは二年生の終わりに佐倉の伯父《おじ》さんの家に引き取られて以降で、それ以前の記憶はごくごく断片的にしか遡《さかのぼ》れない。伯父さん夫妻にはたいへん申し訳ないことに成績もたいしてよくなくやる気もない子供だったので、記憶力が悪いのも頭が悪いせいだと思っていた。

「有海ちゃんは、結局あの事件のことをぜんぜん覚えていないのね」

「まあショックが大きかったんだろう。ひどい事件だったたし、二年生の女の子にはな」

「かわいそうにねえ……」

しかし小学校の終わり頃、伯父さん夫妻がリビングでそんな会話を交わしているのを通りがかりに聞いてしまった。

あの事件というのがなんなのか、有海にはよくわからない。昔の記憶はばらばらにちぎれた写真みたいに頭の中に散らばっているだけ。断片のちぎれ目は他のどの断片とも綺麗《きれい》にはくっつかなかった。

断片の一つは電話のベルの音。廊下で電話が鳴っている。だいぶたってからお母さんが台所からでていって電話にでる声がする。電話は〃あいつ〃が帰ってくる合図だった。

有海は自分の部屋のドアをそっとあけ、足音を忍ばせて台所に入る。お母さんが夕食の支度をするのに使っていた小振りのナイフが調理台のまな板の上に載っていた。ナイフの刃がこちらに向けられ、少し暗くなった蛍光灯の下で濡《ぬ》れて光っている。背伸びをして調理台に手を伸ばし、ナイフの柄を握る。金属製の冷たい柄が手のひらに触れる。かすかに汗ばんだ手のひらにそれはじっとりと吸いついてよく馴染んだ。

どうしてナイフを持ったのか、そこはどうしても抜け落ちている。ただナイフを持たないといけないという強迫観念みたいなものだけは覚えていた。冬ではなかったと思うが着込んだ厚手の上着の内側にナイフを隠し、左手をポケットに入れて、ポケットの内側からナイフの柄を握る。こうすると誰にも見えないようにナイフを固定できる。

「有海？」

部屋に戻ろうとしたとき台所の戸口でお母さんと出くわして、ポケット越しに握ったナイフを取り落としそうになった。お母さんの顔は、自分の目線が低かったせいだと思うが、下半分しか覚えていない。疲れて血色が悪く、口紅を薄く引いた口角がさがってへの字になっていた。前歯は何本か差し歯だった。

「具合でも悪いの、家の中でそんなに厚着して」

お母さんのへの字口が動く。なんでもない、と有海は答える。ナイフはどうしても見つかるわけにいかない。早く切りあげて台所を立ち去らないといけないと焦るがお母さんが目の前に立ちはだかっている。頭がぐるぐるしてひどく汗がでてきた。

「熱でもあるんじゃないの。顔が赤いわよ？」

なんでもない、と有海は繰り返すだけ。はやく、はやく立ち去らないと。視界がちかちかして喉《のど》の奥に酸っぱいものがこみあげてくる。

ウミ、ドウシタノ。口角のさがったお母さんの唇が分裂して有海の周囲を取り巻いた。ウミ、ドウシタノ。たくさんのお母さんの口が万華鏡みたいにぐるぐるまわって口々に言う。

ウミ、ドウシタノ。ウミ、ドウシタノ。ウミ、ドウシタノ――。

記憶はそこでちぎれて、その続きは覚えていない。

次に覚えているのは、黒いワンピースを着せられて誰かのお葬式に立つ自分。喪服の大人たちが次々に有海に言葉をかけながら前を通る。大人たちのお決まりのお悔やみの文句は有海の聴覚まで届くことなく耳の表面を撫《な》でていくだけ。隣に黒い半ズボンのスリーピースを着た航兄が立っていて、有海の手をずっと握っていた。

灰色の雨が降る湿気た日だった。

あのとき、結局ナイフをどうしたのかはわからない。ただ、そのお葬式で死んだ人の死因は刺傷で、犯人はあきらかになっていなかった。

＊

ぼう――……。

遠くでタンカーの低く長く伸びる汽笛が響いていた。外国の船かもしれない。海のずっとずっと果て、東京湾なんかとは比べものにならない大きな海を渡ってきた船かも。

潮気を含んだ夕方のなまぬるい風が頬を撫でる。次第に黒っぽく沈みはじめた東京湾を防波堤のコンクリートが白く切り取っている。湾の左手のほうから伸びるコンテナ埠頭《ふとう》の桟橋にぽつぽつと灯りがつきはじめ、停泊しているタンカーの黒い影が数隻見えた。

以前来た埠頭公園のベンチに有海は一人で座っていた。防波堤の上では前に来たときと同じように近所の子供たちが花火をやっている。夏を感じさせる火薬の匂いが潮風に乗って漂ってくる。

キャミソールとカプリパンツを土まみれにしてベンチにぼんやりと一人で座っている女子高校生はなかなかに物珍しいのか、子供たちがときどきこっちに視線を送って笑いあったりしていた。公園の水道で手や顔は洗ったのだが、潮風で乾かされて顔はごわごわするし、髪はぱりぱりに固まっている。足も洗ったのでミュールを軽くつま先だけに引っかけて、素足を交互にふわふわさせる。

ベンチの脇に誰かが立つ気配がした。

横目で一瞬見ただけで有海は視線を前に戻して、夕闇を背景にはぜる色とりどりの火花を眺める。隣の気配も特に何も言うことなくベンチの脇に膝《ひざ》を折ってしゃがんだ。視界の端でぽっとライターの火が灯《とも》った。火薬の匂いと子供たちがはしゃぐ声が前方から届いてくるだけで、そのまましばらく無言の時間が過ぎる。

隣の人影がようやく口を開いた。

「何やってんの、こんなとこで」

「そっちこそ」

視線を前に向けたまま有海は素っ気なく答える。

「佐倉に電話したら帰ってないって言うから、ちょっと捜した」

「ふうん」

それだけのやりとりでまた会話が途切れた。

子供たちが大きな筒状の噴きあげ花火に火をつけた。いろんな色が混じった光が地面近くから噴水みたいにしゅわしゅわと噴きあがって四方に拡散する。

「嘘つき」

ぼそっと有海は言った。隣の相手が驚いてこっちを向く。

「え、何、俺何かした？」

「嘘つき」

頑《かたく》なな声で有海は繰り返し、それからはじめてまともに相手の顔を振り返って、

「うそつきーっ」

ぽかんとしている相手に対して大声で罵《ののし》り、ぱっとベンチを立ちあがって反対方向に走りだした。途端、ちゃんと履いていなかったミュールが脱げてつんのめり、格好悪く膝から転んだ。ミュールが片方跳ねて飛んでいき、持っていたビニールバッグが明後日《あさって》のほうまで放りだされた。

「ちょっ、」

追いついてきた春川が無様に転んだ有海の腕を取って起こそうとする。「なんなの、あんたはいきなり」

「うわーん、痛いよおっ、放せバカあっ、嘘つきっ、いくじなしーっ」

「い、いくじなしって何？」

膝の痛みに半泣きになって喚《わめ》きながら有海はとにかく春川に罵声《ばせい》を浴びせて怒って暴れて抵抗する。突然の癇癪《かんしゃく》に春川は持てあましたように有海の腕を押さえつけつつ呆気《あっけ》にとられていた。

「うぅーっ……」

ひとしきり喚き散らすとだんだん疲れてどうでもよくなってきて、春川が押さえる手に抵抗する力は弱くなり、最後には有海は地面に座り込んで鼻をすするだけになった。癇癪の波が潮が引くように過ぎ去ると、残ったのは虚しさと膝の痛みだけだった。

「擦り剝《む》いたじゃないかあ」

鼻をすすって訴える有海に春川が心底呆《あき》れ返った溜《た》め息をつく。

「自分でコケたんでしょうが。わけわからん」

「なんだよ、航兄はもっと優しいよ。バンソーコーとかいつも持ち歩いてるし、バイ菌入ったら困るから消毒しようとか言ってくれるよ。靴とカバン拾って」

それぞれ違う方向に転がっているミュールとビニールバッグをぴっぴっと指差す。一方的な要求に春川は文句を言いたそうにしつつもおとなしくそれらを拾ってきて、有海の前に膝を折ってしゃがんだ。「なんであんた、こんなに泥だらけなの？」有海の足首を摑《つか》んでミュールを履かせながら言う。特に答えを待つでもなく、有海があっと思ったときには、かしずくように頭をさげて有海の膝の擦り傷に口をつけた。

「き、汚いよ」

「消毒」

平然と言って春川は傷口に入り込んだ土とアスファルトの欠片《かけら》を舐め取った。

初対面で花火の燃えかすで汚れたバケツの水に火傷《やけど》した手を突っ込んだときから、春川はこういう部分の感覚が普通とかなりズレているような気がしていた。脳のどっかに欠陥でもあるんじゃないかなんて思えるほどに。有海は動くことができずにしばらくただ黙って目の前にかがんだ金茶色の頭を見おろしていた。優しいのやら何も考えていないのやら春川の行動はわかりにくい。春川の手が触れているふくらはぎのあたりから、痺《しび》れたようなくすぐったいような奇妙な感覚が全身に伝わっていく。

「あっ、ハルカワだぁ」

前方から聞こえた無邪気な声に、固まっていた時間が動きだした。

春川が顔をあげて振り返る。防波堤で花火をしていた子供たちがこっちに向かって手を振っていた。

「ハルカワぁ、いつ来たの？　花火やろうよ」

「ねえ、ロケット花火つけてえ」

「うーい」

どうやら春川はこのへんの子供たちの遊び仲間らしい。気軽に答えて腰をあげながら有海のほうを振り返り、

「ちょっとだけ花火やってく？」

「う、うん。やる」

まだ少し固まったまま有海が頷《うなず》くと、春川はいつもの屈託のない笑顔で頷き返し、有海の二の腕を取って立ちあがらせた。ひりつく両膝に春川の舌の感触がまだ微妙に残っていた。春川はもうひょいひょいした足取りで防波堤のほうへと歩いていっている。ビニールバッグを拾い、ミュールの踵を引きずって有海はその背中を追いかけた。

ぼう――……。

桟橋にぽつぽつと浮かぶ灯りの下で、タンカーの汽笛が低く長く響いていた。

＊

帰り道、春川に連れられてＪＲの途中駅でいったん降りた。ちょうどサラリーマンの帰宅時間で、せわしなく行き交うスーツ姿の人々で駅構内は混雑していた。働いている人は夏休みがないからたいへんだなあ、大人にはなりたくないなあとこういうときに特に考え

る。春川のことを言えた義理ではなく有海の進路調査票も『NASA』と書かれたまま提出されることなく放置されている。

乾いた土がこびりついたミュールが足の裏でざらざらする。ヒールが細くて高いミュールは不安定で歩きにくい。少し大人になってしまうみたいで、踵《かかと》の高い靴は本当は好きじゃない。何もしたくない、何にもなりたくない。何者でもないただの子供でいたかった。

「そっちの階段、降りたところにマックあるから、ちょっとそこで待ってて。俺ちょっと用事あるから。何かあったら電話して」

改札をでると春川は東口という表示のある方向を示してそう言い、自分は反対側の西口のほうへ歩いていってしまった。知らない駅で一人きりにされた有海は少々戸惑いつつ、言われた方向の階段を降りてマクドナルドを探した。

黄色い〝M〟のマークの看板はすぐ駅前に見つかった。しかし、店の前で有海は途方に暮れて立ち尽くした。ガラス張りの外装の内側から黄色いビニールシートで目隠しされて、入り口の自動ドアの前には工事現場によくある赤いパイロンが何本か立っていた。

（……改装中じゃんかよ）

思考がとまってしばらくその場に突っ立っていたあと、何かあったら電話してという春川の台詞《せりふ》を思いだしてビニールバッグから携帯電話をだした。二日ほど充電していないので電池残量が心許《こころもと》なくなっている。

フリップをあけてメモリを呼びだそうとしたところで、手がとまった。

「ていうか」

電話に向かって半眼で呟《つぶや》く。

「春川のケー番、教えてもらってないよ」

ということにどうやらお互いまったく気づいていなかった。

携帯電話をバッグに放り込み、バッグを提げて結局また立ち尽くす。真夏の夜の街中はこの時間になってもなかなか気温がさがらずなまぬるい澱《よど》んだ空気が停滞している。立ちどまっているのは有海一人だけ。目的地へと急ぐ人々が前や後ろを足早に歩き過ぎていく。まるで自分が半透明の幽霊になって、人々が自分の身体《からだ》をすり抜けていっているような気がした。

きびすを返して有海はもと来た駅の方向へと走りだした。ミュールがざらついて走りにくかったので途中で脱いで、ストラップを指に引っかけ駅構内のモルタルのタイルをぺたぺた走る。自分のことで忙しい大人たちは裸足《はだし》で走るうら若い女子高校生をべつだん気にとめる様子もなく左右に分かれてすれ違う。

改札の前を素通りし、まっすぐ西口の方向へ向かう。そっち側の階段を降りると、東側の賑やかな繁華街と違って外灯や店舗の灯《あか》りが少ない静かな街並みに突如として放りだされた。駅を挟んで東と西でまったく違う街みたいだった。バスロータリーやタクシー乗り場にも人気はまばらで閑散としており、蒸し暑かった東側と反対に妙に肌寒く感じる。

きょろきょろと左右を見まわし、とりあえず勘《かん》で走りだそうとしたとき、ロータリーの電話ボックスの陰に人影が見えた。外灯が落とす青白い灯りに金茶色の頭が照らされている。

固まっていた呼吸がすうっとほぐれたような気がした。

「春……」

呼びかけようとしたとき、春川の肩越しにもう一つ人影を認めた。

長い髪の女の人——有海は反射的に声を飲み込んだ。

用事って女の人と会うことだったとは……人のことを好きとかゆっといて。ほんの少しだがむっとした感情がよぎった。嫉妬《しっと》というほどのどろどろした感情ではなく、お店でかわいいアクセサリを見つけて眺めていたら目の前で他の人に買っていかれたときのちょっとつまらない気分という程度のものだったが。自分が買うと決めていたわけではなくても目の前で人に持っていかれると惜しいことをしたような気になるものだ。

つい息を潜めて様子を窺《うかが》っているうちに、気がついた。その女の人は若くはなかった。身体にフィットするスーツをぴしっと着込み、化粧も髪型も隙《すき》なくきめているけれど、年齢は三十代か、もしかしたら四十代かもしれない。

女の人が険しい表情で吐き捨てるように何か言っている。春川の表情はわからなかったがナイロンパンツのポケットに両手を突っ込んでいつもどおり飄々《ひょうひょう》とした感じで立っていて、面と向かって話しているにもかかわらず二人の雰囲気には会話が成立しているような共通性がまったくなくてひどく違和感があった。

やりとりはそう長くはなかった。女の人が高そうなブランドもののハンドバッグの蓋をあけてネイルアートで綺麗に飾った手を突っ込んだ。摑《つか》みだしたのはこれまたブランドものっぽい財布だった。

札入れから万札の束を引き抜いて、女の人はそれを春川の顔めがけて投げつけた。

「欲しいぶんだけあげるわよ！　だからわたしの前に顔を見せないで！」

ヒステリックな罵声に有海は思わず身をすくめた。軽く顔を背けた春川の横面に札束が叩《たた》きつけられて地面に散らばった。ロータリーの隅でうずくまっていたぼろ服の路上生活者がのそりと顔をあげた。

一方的にやるだけやると、女の人は突っ立っている春川の脇を抜け、ハイヒールの踵を響かせて足早に駅のほうへと歩きだした。有海は外灯の陰に避けてその姿を見送った。けっこう美人と言えるだろう。しかしメイクをきめた口もとは歪《ゆが》んでひどく醜《みにく》く見えた。有海には理解できない大人のどろどろした感情がそこにはあった。いったい何が原因で、あんなにも憎悪に満ちた罵声と視線を誰かに浴びせることができるようになるのだろう。有海まで憎悪の余波を浴びた気がして寒気がした。

　春川の背中に視線を戻す。女の人のヒールの靴音が駅の階段に消えるまで、春川はそのままの格好で突っ立っていたあと、しゃがみ込んで散らばった紙幣を拾いはじめた。なんとなくだが、もともと線の細い肩が余計に細く頼りなく、中学生くらいの少年がうずくまっているように見えた。足を引きずって寄ってきた路上生活者が遠くに舞った一万円札を一枚引っ摑んだ。春川がそっちに視線を向ける。不明瞭でひどく訛《なま》った喋《しゃべ》り方だったのでよく聞き取れなかったが路上生活者がこれは自分が拾ったのだというようなことを喚《わめ》いて春川を威嚇《いかく》する。一度路上生活者のほうを見たものの春川は何も言わずに再び視線を落とし、残りの紙幣を集めてポケットに突っ込んだ。路上生活者はそのあいだに逃げていた。

　ポケットに手を突っ込んだまま春川が腰をあげた。そのときはじめて少し離れたところに立っている有海の姿に気づき、ばつが悪そうに視線を逸らして唇を嚙《か》む仕草をした。春川のこういう顔をはじめて見たかもしれず、春川がたぶん見せたくなかったのであろう場面を目撃してしまったことに有海はちくりと罪悪感を覚えた。

「見た？」

「見た」

　短い問いに短く答える。続いて有海のほうから短い問いかけ。

「誰？」

「ハハオヤ」

春川の答えも短い。

「さてっと」

有海が次の台詞を考えていると、軽い口調で春川が言った。

「金もらったことだし、帰ろ。なんかゴーカなもん食おう。何がいい？」

「ラーメン」

「了解。特別にチャーシューと餃子《ギョーザ》もつけましょう」

「ゴーカだね。フルコースだね」

「ゴーカゴーカ」

ごく自然な仕草で有海の手を握って駅のほうへと足を向ける。右手に触れる春川の左手の体温をほんの少し意識しつつ、有海はミュールを手に提げ素足のままで斜め後ろを歩きだす。

街中で半透明の幽霊になったような疎外感はまだ残っていた。けれど今は春川と二人で、駅の人込みを人々の身体を透過して滑り抜ける。二人でいると、この疎外感を怖いとは思わず、むしろずっとこうして二人で現実から離れていたい気がした。

＊

「うち、チチオヤがいないっていうのは前言ったっけ」

物心ついたときにはいなかったからなんでいないのかはわかんないけど、たぶん私生児っていうやつ？と春川は淡々とした口振りで話した。

「でも家にはいつもハハオヤのコイビトが出入りしてた。俺をかわいがって懐かせようとする奴もいたし、うっとうしがる奴もいたし、殴る奴もいた。男が貧乏なときはうちも貧乏だし、男の羽振りがいいときはハハオヤの羽振りもよくなって、子供に金だけ押しつけて帰ってこない日が多かった」

「帰ってこないって、どれくらい？」

「一週間とか一ヵ月……半年くらいのときもあったかなあ。そんときはさすがに金なくなって餓死《がし》しかけた。金があるときはクラスの連中に小遣いやって子分にしたりとか、あとでそいつらの兄貴にばれてボコられて海に放り込まれたりとか」

「……ろくでもない子供時代だね」

「そのとおり」

自分のろくでもなさを表面的には反省したっぽく神妙な顔で春川は頷く。春川のこの摑みどころのない性格形成には複雑怪奇に絡まった少年期の体験がこってりと色濃く影響しているんじゃないかと思われた。

「そんでまあ、したたかに育った薄幸の——ここ重要ですテストにでます、少年は、ハハオヤは愛するよりも利用するものだと学び取って、とっくに家族関係なんて消失してるハハオヤから金だけふんだくって十九まで生きてきました」

物語を締めくくるみたいに春川は自分の話を終わらせた（自分で自分を薄幸と言ってしまう人間が果たして薄幸なのかはともかくとして）。

十一階のフラットで過ごす二日目の夜。シャワーを浴びて泥を洗い流してから汚れた服を洗濯して干して、と普段航兄がやってくれることを自分でやったら気持ちよく疲れきり、寝室のベッドで春川と二人、ごろごろしながら雑談していた。電気の消えた蛍光灯が朧月《おぼろづき》みたいにぼんやりと白く天井に浮かんでいる。

今日も泊まっていい？

駅前のラーメン屋で塩ラーメンをすすりながら訊《たず》ねた有海に、餃子の具をふうふうしていた春川は微妙に苦い顔をして「ていうかもう駅まで来てるし……。いたけりゃいつまでいたって別にいいけど、俺もう床で寝るのやだよ。首痛いし」「一緒にベッドで寝ればいい」「隣で寝てる女の子に何もしない自信はないですが、俺」そう言われて少し考えたあと、いいよ。

と、箸《はし》でつまんだメンマに向かって有海は小声で答えた。

サマーケットの端から脚をだすと、両の膝《ひざ》小僧に大きな絆創膏《ばんそうこう》が貼られている。春川の部屋には救急箱の常備などなかったので帰りにコンビニで買ってきたやつだ。ついでに歯ブラシとかも買ってきた。脚を曲げたり伸ばしたりするとかさぶたになりかけた傷口が絆創膏の下で突っ張った。両手を天井に向けて掲げると手のひらにも小石が突き刺さった傷がぽつぽつとある。小学校の運動会で転んだときにこんな怪我をしたっけなあと思いだす。

担任の先生よりも真っ先に駆け寄ってきたのは当時五年生か六年生の航兄だった。

隣で寝煙草を吸っていた春川がするりとベッドから滑りでた。Tシャツにジャージを穿《は》いた格好で床に降り、

「俺やっぱりリビングで寝るわ」

枕から頭をあげて有海は目をぱちくりさせた。

「何かするんじゃないの？」

「小学生みたいなバンソコを膝に貼った女に色気は感じません」

「ふむ、春川は傷フェチではないと……」

賢《さか》しげに頷《うなず》き、鉛筆を舐《な》めて手のひらにメモするジェスチャー。ベッドサイドの灰皿に吸い殻を押しつけながら春川が半眼でこっちを睨《にら》む。

「なんのメモですかそれは」

「別に。気にしないで」

「ていうかね、」

溜《た》め息をついて、春川は金茶色に脱色した髪に指を突っ込んで掻《か》きまわした。髪の一本一本がわりと細くて首筋にゆるく沿っている。風呂《ふろ》あがりの濡《ぬ》れた髪は軽く癖を帯びていた。有海の髪も外人さんみたいと言われるように細くてやわらかくて癖っ毛だ。見つけた共通点を有海はまた頭の中にメモる。

「他に好きな男がいる女を抱く気はないです、俺は」

言い捨てて春川は寝室をでていった。

どことなく機嫌が悪そうだった。好きって言ってくれたのは、あながちその場の思いつきというわけでもないのだろうか。

ベッドに一人残されて有海はごろんと寝返りを打った。

春川と一緒にいる時間が長くなればなるほど、春川のことを知れば知るほど、明確に興味がわいてきている自分がいた。それは恋愛感情というよりはやっぱり〝仲間〟を探す感覚に近いかもしれない。有海の中に欠けている何かが、春川に欠けているものと似ているような気がするのだ。春川との共通点を見つけるたびに、自分の中の欠けた部分が補完されていくような気がする。

枕に頬をうずめるとあっという間にうとうとしてきた。航兄よりも春川を好きになれるだろうか……心地よいまどろみに身をまかせながら考える。今はまだわからなかった。有海にとって航兄の存在はあまりにも日常全般に染み込みすぎている。染み込みすぎて向こうはなんの恋愛感情も持っていないのが癪《しゃく》に障るわけだけど……。

何かの音で浅い眠りから揺り起こされた。

甲高く澄んだ音、ガラスが割れる音のような。

「春川？」

サマーケットを剝《は》いで身を起こす。ベッドから滑り降りて寝室をでたが、リビングに春川の姿はなく、対面式のキッチンのほうにTシャツの背中が見えた。カウンターをまわってキッチンの入り口に立つとタイル張りの床に透明なガラス片が散らばっている。

「どうしたの？」

「あー、水飲もうとして割っちゃっただけ」

流しの前で振り返って春川はなんでもないような顔で言ったが、右手の小指の付け根あたりに血の玉が浮き、濃い色の血が手首をつたって銀色の流しにぽたりぽたりと滴りはじめた。

「ガラス踏むから、そこにいろ」

手首を舌で舐めながら春川が言う。有海はかまわずキッチンに踏み入った。素足でガラス片を踏んでちくりとした。「手に怪我してばっかりだね、春川は」流しにかかっていたタオルを取って、春川の手に添える。太い血管でも切ったのか白いタオルにあっという間に赤い染みが滲《にじ》んでいく。

「痛い？」

「痛くないよ」

誰が見てもひどい出血にもかかわらず春川は例によって脳天気にそう答えた。タオルで傷口を押さえながら有海は視線をあげて、自分よりもだいぶ高い位置にある春川の顔を見た。こちらを見おろした春川と目線が交わる。流しの周辺だけを照らす青白い蛍光灯が、向かいあって立つ二人を月明かりのように包む。

囁《ささや》くような小さな声で有海は言った。

「やっぱり春川も、あの方法を知ってるんだ」

「方法？」

首をかしげる春川に、有海も軽く首をかしげて不安げに問い返す。「知ってるんじゃないの？」「何を？」意思が疎通しないまま一時見つめあったあと、有海は片手を軽く伸ばして、少し遠く、廊下のほうを指差した。子供どうしで秘密基地の場所を打ちあけあうような、そんな声で有海は囁《ささや》く。

「痛いときとか苦しいときは、自分を少し遠くに置いてみるんだよ。例えば部屋の外とか、道の向こう側とか、自分が見えるくらいの場所までしか行けないけど。そうしたら何が起こってるかは見えるけど、何も感じない。だって自分は今そこにいないから。

……やり方を知ってれば簡単にできるよ。子供はみんなそのやり方を知ってる。大人になると忘れちゃう。でも春川はきっと自分で気づいてないだけで、方法を覚えてるんだよ」

奇妙なことを言ったかもしれなかった。小さい頃に航兄が自転車で転んで怪我をしたとき、この話をしたら怪訝《けげん》な顔をされて逆に心配された。小学校の友だちに言ったら馬鹿にされて、昼休みにわざと机にぶつかってこられて牛乳瓶を倒された。

春川はどんな反応をするだろう。不安な面持ちで有海は春川の顔を見あげる。

少しだけ、不思議そうな顔でこちらを見おろしたあと、春川は普段どおりの邪気のない感じで微笑《ほほえ》んだ。

「じゃあ俺は、」

有海が指差したのと同じ方向を左手で指差して。

「今、あのへんにいる。台所をでて、玄関のほう。あのへんからこっちを見てる。俺とあんたが向かいあって流しの前に立ってる。ガラスが床に散らばってて、あんたが俺の手を押さえてる。血がでてるのが見えるけど、俺は遠くにいるから痛くない。何も感じない。何も感じないから……あんたがさっき佐倉のことを考えてたんだろうなあとか思っても何も思わない。他の男のコト考えてる女には何もする気にならないけど、俺は今何も感じていないので、そんなめんどくさい意地というかごたくは関係ないわけです」

とか言って、タオルを巻かれた右手を有海の顎《あご》に添えた。

顎《あご》を軽く持ちあげられて、首を傾けた春川と唇が触れあった。

二度目のキスはなまあたたかい鉄の味がした。春川の血が自分の中に染み込んでいく。自分の記憶の欠けている部分が春川の血で心地よく埋められていく。春川はどこか普通と感覚がズレていて欠陥だらけで、だからこそ有海の足りないピースにぴったりとはまるような、そんな気がした。

下の世界から隔離された十一階の無音の空間で、二つのカケラはお互いの欠けた部分を埋めるように唇を重ねた。

4．テトラポッドの橋をふわふわと。

「いい加減俺のパンツ穿《は》くのやめない？」

と割り箸を握った春川《はるかわ》が苦言を呈したのは、春川のフラットに居座るようになってから何日かたったある日のお昼のこと。

「わたしは別にかまわないよ」

リビングの床に直に座り、ローテーブルに顔をくっつけるようにして自分で作った焼きソバをもそもそとすすりながら有海《うみ》は面倒くさげに答えた。ボリュームを落としたテレビの中では夏休みのつまらないお昼の番組が垂れ流しになっていて、二人でつまらない顔でそれを眺めつつ昼ご飯を食べていた。大きく張りだしたリビングの窓の向こうにひと筋の飛行機雲が引かれている。

窓辺に有海のキャミソールと迷彩柄の膝《ひざ》丈のカプリパンツ、それにブラとショーツがハンガーに引っかかって吊《つ》りさげられていた。十一階だから誰にも見られないだろうとはいえ万一外から誰かが覗《のぞ》いたら下着が丸見えだ。有海の部屋着は春川の手持ちの服から勝手に漁《あさ》ったTシャツと腰まわりが少々ゆるいトランクス（買おうと思えばコンビニで下着も買えるがなんだかダサいのしかなかったので）。

「俺がかまう。誘う気もないのにそんな格好でいられたら迷惑」

「色っぽい？」

「ぜんぜん。髪跳ねてる」

割り箸《ばし》を持った手で春川は有海の癖っ毛を引っ張った。ここ数日で馴染《なじ》んだ春川の匂いがふわりと鼻腔《びこう》に触れた。

「じゃあ家から勝負下着を取ってくるよ」

「そういうのは言わずに身につけて何気なく見せてくれたほうがいいな」

「ワガママだなあ」

「ワガママでけっこう。俺んちですここは」

有海が口をとがらせると春川も同じく口をとがらせてうそぶいた。

部屋に入り浸って一緒にご飯を食べてTシャツと下着を借りて、キスはするけどそれ以上にはならない。エッチな話は冗談ではするけど本気の行為には未《いま》だ進まない。こういう関係ってなんていうんだろう。他人じゃなくて、友だちとも違って、恋人でもない。従兄《いと》弟《こ》という微妙な関係性で繋《つな》がっていた航兄《こうにい》との距離感とも違う、既成《きせい》の言葉で表現できない距離。なんの確約もない、あまりにも不安定な関係。

あるいは、共同体、というのだろうか。

春川の右手にはまた傷が増えていた。火傷《やけど》の痕《あと》が甲に残る右手の小指の付け根に新たに絆創膏《ばんそうこう》が貼られている。よく見ると春川の手のひらには他にもひどく古そうな引き攣《つ》れた傷痕が何本もあった。なんの傷だろう。髪を引っ張る春川の手を握り、引き寄せてまじまじと見つめたがわからなかった。リストカットのためらい傷に似ている気もした。傷痕は手のひらだし、春川は右利きだから右手にできるのは違うと思うが。

肉づきも皮も薄い春川の手は関節がごつごつと目立ち、爪は短く切ってあって長い指の先はどっちかというとひらべったい。ギターを弾く人の手みたいだと思った。手のひらを広げて生命線をなぞりつつ有海は呟《つぶや》く。

「生命線が短いね」

「じゃあ俺早死にするのかなあ。俺が死んだら泣いてくれる？」

「さあ。わかんない」

「ちぇ」

「……でも、たぶん悲しいよ」

握った春川の手に視線を落としたまま、真面目な声でぽつりと言った。

逆に手を摑《つか》まれて引き寄せられた。春川の出っ張った鎖骨に鼻をぶつけて「ぷ」と小さく声を漏らす。

「ありがと」

囁く声とともに吐息が耳を心地よくくすぐった。

どっちにしても着替えはそろそろ必要だし、携帯電話の充電器など入り用なものもいくつかあったので、航兄のいない時間を見計らって荷物を取りに帰ることにした。ついでに心配しないように置き手紙でも書いてこよう。

数日ぶりの自宅の匂いが、なんだか馴染みのないものに感じられた。家具の配置も片づき具合も何も変わっていないにもかかわらず漠然《ばくぜん》とした違和感がある。航兄がいないのを確認し、ほっとしてミュールを脱いで部屋にあがった。

エアコンをつけてからひとまず自分のベッドに突っ伏すと緊張感が一気に抜けた。枕に染み込んだシャンプーの匂いにこれまた微妙な違和感を覚える。こんな匂いのシャンプー使ってたっけと今まで意識したことがなかったことをあらためて意識した。

「さて」

勢いをつけて身体《からだ》を起こし、プラスチックの衣装ケースの上段を漁ってせっかくなので本当に勝負下着を探した（いや、勝負するかどうかはともかくとして悔しいので春川に見せびらかそうと思って）。黒のレースの質のいいやつをひと揃いだけ、衣装ケースの奥のほうにしまい込んでいた。伯母《おば》さんが仙台に行く前に「有海ちゃんも高校三年生だし、そろそろこういうのが必要でしょう」とか言って伯父さんに内緒で買ってくれたものだ。さすが航兄の母親というか伯母さんは大学院卒で塾の先生をしている人だが、どこかすっとぼけている。そろそろ必要でしょうって、黒のレースでどういう場面を想像していたのだろうあの人は。

着替えや化粧品、充電器を中くらいのバッグに適当に放り込んだ（勝負下着も……）。誰もいない時間にこっそり荷造りなんかして、なんだか家出人みたいだ……現状すでに半ば家出人になっているが。

用も済んだし早々に退散しようかと家出人どころか空き巣みたいなことを考えてバッグを持ったとき、玄関のほうで物音がした。

心臓がばくんと跳ねあがった。

「鍵《かぎ》があいてる……有海、帰ってるのか？」

戸口の向こうで航兄の声がする。有海はまさしく家人に出くわした空き巣のごとくバッグを抱えてとっさに周囲に視線を走らせた。ベランダに面した窓が目に入ったが、三階のベランダに脱出してどうしようというのだ。カーテンの裏とかクロゼットの中に隠れるとか……頭の中でめまぐるしく思考が回転したが、最終的に行き着いたのは、なんで自分の家で隠れないといけないのだろうという至極当たり前の結論だった。

結局、航兄が部屋を覗いたとき、有海はバッグを抱えたまま間抜けな感じで部屋の真ん中に突っ立っていた。

「た、ただいま」

引きつり気味の笑顔で有海のほうから言う。航兄の顔を見た瞬間何かが違うと思ったら、眼鏡《めがね》が変わっていた。細い銀色のワイヤーフレームだったのがお洒落《しゃれ》な感じのセルフレームになっている。度があわなくなってきたから買い替えたいとは前々から言っていて、有海が見立てにつきあう約束をしていたはずなのに。似合ってはいるがなんだか有海が知っている航兄じゃないような気がした。

有海がそんな感想を抱いているあいだに航兄のほうもこっちを観察して、

「海に行ってたわりには焼けてないな」

と不思議そうに言った。春川のフラットで基本的にのうのうだらだらと過ごしていただけなので、真夏だというのに有海の肌は白いままだ。

「ずっと海の家にいたからね」

「ああ、お前らしいな」

空々しく視線を逸らしてごまかすと、ひとかけらも疑った様子もなく航兄はさらりと相づちを打った。海に行って海の家でくすぶっているのが有海らしいとはどんな無精《ぶしょう》な人間だと思われているのだろう。まあ事実だけど。

「海、春川も一緒だったのか？」

不意をついた質問にバッグを取り落としそうになった。

「春川？　ううん、違うよ？」うろたえて挙動不審気味に答える。

「電話で春川の名前のこと訊《き》いたろ。なんで？」

「あー、あれ。深い意味はないよ」

　小学校の林にお墓を探しに行ったことを話そうかと一瞬考えたがためらった。小学生の春川と電話が繋がっていたかもしれないだなんて話、果たして現実主義者の航兄が信じるだろうか。アンビリーバボーにでも投稿したい気分だ。

　……本当は春川のマンションにずっと泊まっていたと言ったら、航兄はどんな反応をするだろう。妬《や》くだろうか。キスしたって言ってみようか。

　考えがよぎったとき、

「有海ちゃん！」

　思いも寄らない声が割り込んできた。航兄の後ろから黒髪ストレートの美少女がひょこっと顔をだした。一時《いっとき》硬直してしまった有海の目にきらきらした無邪気な笑顔が眩《まぶ》しいくらいに突き刺さる。

「日野《ひの》ちゃん……」

「ちょうどよかった。アイス買ってきたよ、ハーゲンダッツの。みんなで食べよう。佐倉《さくら》先輩、お皿だしますね」

　いやそんなことよりいつの間に家にまで出入りするようになったのですかキミはと有海が突っ込む暇《ひま》もなく日野ちゃんは羽根でも生えたような軽い足取りで身をひるがえしてキ

ッチンに入っていく。迷ったふうもなくガラス皿を用意するかちゃかちゃした音が聞こえはじめた。

ああそうか、航兄の眼鏡を見立てたのも日野ちゃんなんだなと納得して、なんだか何かが馬鹿馬鹿しくなった。隠れようとしてあたふたした自分にも、妬かせてみようかなんて考えた自分にも。

「四個も買っちゃったの。溶けちゃうから早く食べよう」

うちにも冷凍庫というものはありますよと思いつつ、日野ちゃんに促《うなが》されるままダイニングテーブルの一席に座ってしまった。いつの間に家の中のブツの在処《ありか》を掌握したのか日野ちゃんは有海がどこにしまったか覚えていなかったガラスのスプーンの場所まで知っていた。

「バニラとクッキークリームとチョコと抹茶、どれがいい？」

「えーと、チョコ」

「じゃあわたし、クッキークリームにしようかな。佐倉先輩は、」

「抹茶」有海の隣に座りながら航兄。

「ですよね」

有海のほうがお客さんみたいでひどく居心地が悪かった。「麦茶も入れるね」と、いったん座ったかと思ったら日野ちゃんは椅子を立ってまたしてもかいがいしく立ち働く。ちなみに有海は麦茶なんて自分のぶんしか入れないし、アイスが数種類あったら最初に自分が好きなやつをキープするほうだ。

すっかり彼女気取りですね。まあ彼女だからね実際。いいんだけどね。胸中で皮肉る有海の性格は我ながらすっかり歪《ゆが》んでいた。胃の中を溶けたチョコレートアイスのようにどろどろさせつつ透明なガラスのスプーンでちびちびとアイスを口に運ぶ。

自分のクッキークリームを口に運びつつ日野ちゃんがちらりと航兄の抹茶に視線をやる。航兄もちらりと日野ちゃんのクッキークリームに視線をやる。

「抹茶も美味《おい》しそうですね」

「いいよ。少し食う？」

「じゃあ先輩もこっち、どうぞ」

はにかみがちに日野ちゃんが自分の食べかけのアイスを差しだし、航兄のアイスと交換する。相手のアイスをひと口ずつ口に入れ、笑って頷《うなず》きあう二人。……スプーンを口に斜めに突っ込みつつ有海は横目で冷ややかにバカップルのやりとりを眺めていた。初々しい中学生かキミたちは。この調子じゃまだキスもしてないんだろうなあ。普通に今どきの女子高校生らしく男の部屋に転がり込んだりしている自分がなんだかずいぶん汚らわしいことをしている気がしてきた。

「わたし、もう行くよ」

つきあっているのが耐えられないほど馬鹿馬鹿しくなり、残りのアイスを一気に食べきると椅子を立ってバッグを取った。

「航兄、わたしもうしばらくチサコん家《ち》に泊まるね。お母さんたちが旅行行ってて一人でつまんないんだって」

でまかせを言うのに胸は痛まなかった。息を吐くように嘘《うそ》をついた。

「おい、有海？」

「電話は充電しとくから」

呼びとめる航兄に言い残し、

「ごゆっくり」

我ながら小姑《こじゅうと》みたいなことを日野ちゃんに言って作り笑いを向け、ミュールを突っかけて家をでた。

戸外に飛びだした途端、まだゆるまない午後の陽射しと肌にまとわりつく熱気にくらくらした。外階段を降り、線路沿いの道を歩きだす。照りつける陽射しが陽に焼けていないうなじをじりじりと灼く。しかし思考回路が鈍ったように心は何も感じなかった。

自分を少し遠くに置いてみる。

バッグを肩にかけ、ミュールの底でアスファルトをこすって俯《うつむ》き加減に歩く自分を、線路のフェンスの向こう側から見ている自分がいた。夏のはじめのあの日に飛んでいった蛍《ほたる》のように、少し遠くから。春川と蛍を追いかけて走ったあの日にあった線路沿いの泥の川はすっかり干あがって、アスファルトが熱く灼けていた。

苦しいことも痛いことも、何も感じない。

*

カーテンのない窓にもすっかり慣れた。壁一面に設置された巨大なオーロラビジョンみたいに、スモッグで煙《けぶ》った東京の濃灰色の夜景が広がっている。だだっ広いリビングにある家具はテレビとコンポとローテーブルだけ。生活感の薄い、現実から遊離したような空間。

窓辺に座って一人でぼんやりしているうちに陽が暮れていたが、灯《あか》りは窓から射し込む街のネオンだけでも十分だった。夜景を横目に有海は膝《ひざ》を抱えて、床に置いた充電器にセットした携帯電話をじっと見おろしていた。充電器は壁のコンセントに繋《つな》がっている。一、二時間で充電完了の緑色のランプが灯《とも》った。

充電器から電話をはずして手に取った。

頭の中でさっきから繰り返し繰り返し、一連の数字の羅列を暗唱していた。とっくの昔に使わなくなった電話番号。しかしたぶん母親か誰かが有海が覚えやすいように語呂《ごろ》あわせをして頭に叩《たた》き込んだのだろう、頭の芯《しん》にこびりついている。

小学校二年生まで住んでいた家の風景を頭に浮かべる。母親はどうやら娘と違って家庭維持能力が高い人で、家の中はいつも埃《ほこり》一つないくらいに掃除が行き届いて片づいていた印象がある（娘に何故《なぜ》その才能が遺伝しなかったのかは謎《なぞ》だ）。断片的にしかない記憶の中で、家の様子だけはちゃんと繋《つな》がった一枚の写真として思いだせる。そこに人間はいない。チラシに載っているモデルルームの写真みたいな、綺麗《きれい》だけれどこんなのはチラシかドラマの中にしかない、絶対に住んでいる人の気配がしない風景。

フリップをあけると薄灯りだけが射す部屋に液晶画面がぽっと浮かびあがった。待ち受け画像は去年くらいにチサコとマッキーと一緒に撮った写真。三人とも両手で頰《ほお》を挟んで不細工な顔をしている。

（0……3……5……）

数字を一つずつ思いだしながら慎重に番号キーを押した。十桁《けた》の数字を入力し終え、発信ボタンを押して耳にあてる。静かに速く鼓動が跳ねた。

しばらく待つと、電話口から無個性な女性の声が流れはじめた。

『……りません。おかけになった番号は現在使われておりません。おかけになった番号は現在使われておりません……』

乾いた口の中を舐《な》めてさらに待つ。

『ばんゴウ、ハ、……ワレ……ジ……マセ……ジジ……ザ——……ジ、ジジジ……ルルルル……プルルルルル……プルル……』

女性の声を遮って水銀灯に羽虫が群がるようなノイズが入り、やがてこもった呼びだし音が鳴りはじめた。冷房が効いているわけでもないのに電話を持つ手が冷たく、それでいて汗ばんでくる。呼びだし音が頭の中で嫌に乱反射して響き続ける。

呼びだし音が途切れた。

『もしもし……ナカウラです』

電話口から少し遠い、舌足らずな女の子の声が応じた。

とっさに通話を切ってしまった。

「あ……」

電話を握りしめて一時放心する。心臓が喉《のど》からでてくるのではないかと思うほどに動悸《どうき》が激しく跳ねていた。

全身から血の気が引くのを感じた。ナカウラ……中浦は、父親の姓だ。有海は今母親の旧姓であり伯父《おじ》さんの姓である佐倉を名乗っているが、伯父さんの家に引き取られるまでは中浦姓だった。

(き、切っちゃった……)

こうなることを予想、というか期待していたはずなのに、動転してつい手が動いてしまった。

ここ数日のうちに、有海の予想はほぼ確信に変わっていた。小さい頃に埠頭《ふとう》に近い埋立地区のアパートに住んでいたこと、帰ってこない母親の話、母親の死を願ったことがあるという話――あの留守番電話の〝まひろくん〟はたぶん間違いなく、過去の春川。

それなら……もしかしたら、もしかしたらだけど、航兄なんかには馬鹿馬鹿しいって笑われるだろうけど。

もしかしたら、有海の過去の家にも電話が繋がるのではないだろうか。今の有海に欠けている記憶の断片を、過去の有海は持っているはずなのだ。

深呼吸して気を落ち着け、手のひらの汗をTシャツで拭《ぬぐ》ってから電話を握りなおしてもう一度同じ番号に発信する。少しの無音のあと、同じ女性の声で現在使用不可のメッセージ、それからノイズが入ってメッセージが途切れがちになり、呼びだし音が鳴りはじめる。

一度目よりも多少冷静な頭で事態の進行を把握することができた。

さっきよりも短い時間で呼びだし音が途切れた。

『もしもし……中浦です』

女の子の声がでた。さっきと同じ台詞《せりふ》、しかしさっきよりも声色に棘《とげ》がある。繋がった途端電話を切ってしまったのだから警戒されるのも仕方がない。またつい指が動いて切断ボタンを押しそうになったがぎりぎりで思いとどまり、ぎこちなく電話を耳もとに戻した。

声をだそうとすると渇いた喉に空気が張りついた。

「こんにちワ、有海」

自分の名を自分で呼ぶのが奇妙な感じだった。すぐには相手の返事はなく、少しのあいだ沈黙が続いた。自分で言うのもなんだが電話の向こうの女の子はずいぶん用心深い気がした。小さい頃の自分はこんなにも用心深かっただろうか。

窺《うかが》うような沈黙がしばらくあってから、

『だあれ……？』

と女の子の誰何《すいか》の声がした。

「あの、」何か言うことを用意していたはずだが結局全部吹っ飛んでしまい、言葉に詰まったあと有海はとっさに思いついたことを口走る。「サンタクロースの助手です。つまりお手伝いさん」言ってから、いくらなんでも季節はずれだと内心で自分に呆れ返った。ずいぶんと気が早い市場調査だ。

『サンタさんのお手伝いさん？』

「そ、そう。今年のクリスマスプレゼントを調査してまわってます」

『まだ夏だよ？』

「世界中の子供にプレゼントを配らないといけないので、今から準備しているのです。サンタクロースはわたしみたいな助手を世界中に派遣しているのですよ」

口からでまかせがうまい具合に滑りでた。『ふうん。たいへんなんだね』と電話の向こうで相づちがある。サンタクロースの助手と名乗ったことについて女の子が疑いを持っているふうはなかった。電話の向こうの相手が本当に幼い有海自身であるならこの口上で通用するはずだ。小学校六年生まで誰になんと言われようと自分がサンタクロースを信じていたことを有海は覚えている。

「クリスマス、何か欲しいもの、あるかな？」

プレゼントの調査と言ってしまったからには訊いておかないと仕方ない。テレフォンアポイントメント嬢の喋《しゃべ》り方を思い浮かべつつなるべく明るい声を繕《つくろ》って訊《たず》ねると、女の子はまた用心深くしばらく黙ったあと、小さな声で言った。

『サンタさんは、プレゼント以外のお願いもきいてくれる……？』

「何？　言ってみて」

喋っているうちにだいぶ冷静さを取り戻してきて有海は鷹揚《おうよう》に問い返す。電話越しに三《み》度《たび》用心深く窺うような沈黙がある。

それから、囁《ささや》くような小さな声で、しかしはっきりと。

『おとうさんを、殺してほしいの』

電話の相手はそう言った。

「……え？」

無意味に明るい笑いを頬に張りつけたまま有海は言葉を失った。窓の下の夜の海を光の点の集合体が電車の形を成して蛇行していく。沈黙のあいだ、電話越しに聞こえる女の子の息づかいがノイズを帯びて拡大される。

渇いた喉に唾《つば》を押し込み、慎重な口調で有海は訊《き》き返す。

「どういうこと……かな？」

『誰にも内緒だよ。おかあさんにも言ったらだめだよって、おとうさんが』

昔の自分はこんなに内向的で親の顔色を窺う子供だったのだろうかと驚くくらい、その声は消え入りそうなほどに掠《かす》れて心細かった。元気づけないといけない気がして有海は力強く請けあってみせる。

「大丈夫。サンタクロースの助手はサンタクロースにしか子供の秘密を話しません。サンタクロースは子供の味方。子供の秘密は絶対に守る」

『本当……？』

「本当。サンタクロースの助手は嘘をつかない」

なんだかテレビで聞いたような胡散《うさん》くささみなぎる台詞だった。ついでに昔コインランドリーの前にいたあのサンタクロースは子供に嘘をつきまくっていたが。それでも有海が自信ありげに答えると、また用心深く押し黙ったあと女の子の声が慎重に問うた。

『じゃあ、秘密を教えたら、おとうさんを殺してくれるの……？』

舌足らずな女の子の声で聞く陰湿な台詞に、部屋の空気が急に湿り気を帯びて肌にまとわりついてくるような錯覚を覚えた。

唇を軽く舐めて、有海は再度請けあった。

「……いいよ。サンタクロースの助手は、嘘をつかない」

＊

小学校一年生から二年生の頃、家の電話の音が怖かった。電話は父親が帰ってくる合図だったから。母親はパートにでていて週のうち三回は父親よりも帰りが遅い。一人で家にいるときに電話が鳴ると有海は尿意をもよおすくらいひどく怯《おび》えた。

父親は、少し額が薄くなりつつあったけれどごく普通の人で、まあまあいい会社のサラリーマンで、娘には優しく欲しいものはなんでも買ってくれた。ただ爪を長くしていて神経質に磨いているのが気持ちが悪くて嫌いだった。それからメントールの煙草《たばこ》の臭い。母親は病的なほど潔癖症で家の中はよく掃除が行き届いていたが、父親が吸うメントールの煙草のせいで家中常にメントール臭かった。

母親がいないときに父親が先に帰ってくると、有海は自分の部屋に閉じこもって息を殺す。部屋の灯《あか》りは消している。部屋のドアがあき、廊下の灯りを逆光に背負って父親の体型が影になって見える。父親は身体が大きいほうではなく、どちらかというと痩《や》せていたが、背中だけが妙にずんぐりして丸まっていた。ワイシャツの両袖《そで》を肘《ひじ》までまくっていて、左の手首で銀色の腕時計が光る。

有海、おいで。

肌をのっぺりと舐《な》めるような声で父親が言う。父親の影とメントールの臭いが近づいてくる。父親が有海を抱きあげて、子供用のベッドの上に座らせる。父親の手がスカートの中に入ってくる。

有海はいつも決まって声がだせなくなった人魚姫みたいに固まっている。こんなとき有海は自分が本当に人魚姫だったらいいのにと思う。身体の半分が魚だったら、父親の手の侵入を銀色の鱗《うろこ》が阻んでくれる。けれど残念なことに有海のスカートの中には二本の細い脚があり、父親は爪を綺麗《きれい》に磨いた指で有海の脚のあいだをまさぐった。

おかあさんには言っちゃだめだよ。

そう言って、有海に好きなお菓子や玩具を買ってくれる。日曜日にはファミリーレストランにでかけて好きなものを食べさせてくれる。

何度か母親に言おうと思ったが、母親のいつも疲れて口角のさがった口を前にするとやっぱり人魚姫みたいに何も喋れなくなる。父親と母親の前では有海は無口なおとなしい子供だった。だから有海の部屋で父親が有海にしていたことは誰にも知られることがなかった。

父親の不規則な息づかいが耳もとで聞こえるのがすごく嫌だったので、有海はそんなとき、子供がみんな知っているとおりに自分を少し遠くに置いてみる。自分を部屋の戸口に置いて、自分の抜け殻が虚《うつ》ろな瞳《ひとみ》で中空を見据えて父親のされるがままの人形になっているのを見ている。

死んじゃえ、死んじゃえ。

戸口の陰から一部始終を見つめながら、死んじゃえ、死んじゃえと父親の丸まった背中に向かって幼い有海は呪いの言葉を念じ続けた。

「おーい？」

顔の前でひらひらと手のひらを振られ、ふと気がつくと春川が目の前に膝《ひざ》を折って不思議そうに覗《のぞ》き込んでいた。

有海は右手に携帯電話を握りしめ、壁一面のガラス窓に寄りかかって長いあいだ座り込んでいた。ガラスにつけていた背中がすっかり冷えている。

「春川……」

「腹減った。なんかつくって」

ローテーブルにコンビニの袋を置きながら当然の権利みたいな顔で春川が言う。有海はまだ少しのあいだ放心していたが、溜《た》め息をついてガラス窓から背中を離した。

「焼きソバしかつくれないよ。材料残ってるし」

「目玉焼きのっけて」

「固焼き？　半熟？」

「半熟」

「努力してみる」

コンビニの袋からだした缶ビールのプルタブを片手で引き、片手でテレビのリモコンに手を伸ばす春川を横目で見つつ（帰ってくるなりすっかりくつろいでいる。春川の家なんだから当たり前だけど）カウンターをまわって対面キッチンに入る。冷蔵庫は無駄に大きいだけで普段は飲み物が入っている以外ほとんど空だが、今日はお昼に買ってきた焼きソバの材料の残りが入っている。

麺《めん》と豚肉とキャベツともやし、卵を二個。肉と野菜をかなり適当に刻む。フライパンに材料を放り込んで炒める。じゅう、とフライパンで油が跳ねる。麺を入れてしばらく蒸す。頭で考えることなく機械的に手だけを動かして作業を続ける。

卵に手を伸ばしたとき、いつからいたのか春川がカウンター越しに頬杖をついてこっちを覗いているのに気がついた。今さらもやしを入れるなとか言うんじゃないだろうなと少々引き気味になりつつ有海は訊ねる。

「何？」

「何かあった？」

面白くもなさそうな顔で訊き返されて、有海はぎくりとして手をとめた。

二人とも次の台詞《せりふ》を口にしないまましばらく時間が過ぎ、フライパンの中でぱちぱちと水分がはぜる音だけがキッチンを満たす。

「……思いださないほうがよかったことを、思いだしてしまった」

卵に視線を落としたまま呟《つぶや》いた声は細く掠れて、ほとんどフライパンの音に掻き消された。

「だったらまた忘れればいいんじゃん？」

春川の答えは脱力するほど単純明快だった。春川の頭のてっぺんにはチューリップとひまわりがトーテムポールみたいに合体して咲いているに違いない。目と口が描かれたチューリップとひまわりが〝うみちゃん、あそぼう。うみちゃん、あそぼう〟とか口々に言いながら黄色い笑顔を振りまいているところを想像する。

「どうやって忘れるのさ」

「うーん、楽しいことで上書きするとか」

「楽しいことが途切れたら、またすぐ思いだすよ」

「思いださないようにずっと楽しいことをしてればいいさ」

脳天気な提案をする春川を横目で睨《にら》んで、

「春川は無責任だ」

恨めしげに有海は毒づいた。

有海だって人のことは言えないし春川のふわふわした軽すぎる性格に救われたこともあったが、今はそれが少し疎《うと》ましく思えた。春川といると難しいことを考えなくてよくて楽だけど、裏返して言えばそれって現実逃避してるだけなのだ。春川と有海の二人組じゃあ逃避してばかりで何も解決しないような気がする。

目玉焼きはあっという間にできあがってしまったのでその話はなんとなくそれで終わり、リビングでテレビを流し見ながら二人で晩ご飯を食べはじめた。昼も夜も焼きソバということになるが二人ともあまり食にこだわるほうではない。

「半熟じゃない」

ただし卵の焼き加減にだけは変なこだわりがあるらしく、焼きソバの上に載った目玉焼きを箸《はし》でつついて春川が不満げな顔をした。

「固焼きは黄身がぱさぱさしてて嫌い」

「わがまま言わない。固焼き卵のぱさぱさはだね、ぱさぱさした現実を象徴しているのだよ」

などと有海は適当なことを言って自分の失敗を正当化した。

半熟卵のさじ加減はけっこう難しい。少し気を抜いたら卵はあっという間に半熟を通り越して固まってしまう。半熟でいられる時間はとても短い。半人前でゆるゆるしていられるのはわずかな時間で、固焼きになったらもう形を変えることはできないのだ。

会話が途切れ、あまり面白くないバラエティ番組をBGMに二人でぼそぼそと焼きソバをするだけになった。いつもだったら二人でいるときの沈黙もそれはそれでお互いマイペースにしているだけなので気にならないのに、今日はやけに沈黙が居心地悪く、有海は頭の中で話題を探してしまう。

「進路調査票、ださないの？」

思いついた話題はそれだった。紙飛行機になった春川の進路調査票はしばらくテーブルの上に放置されていたが、いつの間にやら他のゴミにまぎれてゴミ箱の端から申し訳なさげに覗いていた。火が通っていないキャベツの芯《しん》を箸でつまんで興味深げに眺めつつ（目玉焼きに文句を言ったら怒られたので無言の行動で示すことにしたようだ。悪かったなあ）気のない声で春川が答える。

「んー、まあ担任からは諦《あきら》められてるし、ださなくても何も言われないだろうけど。あんたは書いたの？」

当然の問い返しの答えを、自分から話題を振ったくせに有海は用意していなかった。

「春川、卒業したらどうするの？」

答えずに話題を変える。口にした途端、卒業したら春川と学校で会うこともなくなるのだなあと当たり前のことを今さら認識した。既成の言葉で表現できない今の宙ぶらりんな関係は学校という細い繋《つな》がりがなくなるのと同時に完全に消滅して、なんとなく疎遠になって会う機会が減っていくのだろうか。まだ先のことではあるものの、そう考えると少し気が沈む。

「とりあえず目的もないし、しばらく海外にでも行こうかなあ」

春川のほうはそんなことに思い至っているふうもなく相変わらず気軽な口調で思いつきっぽいことを言う。

「海外？」

「こう、ふらふらと、貧乏旅行。バックパッカーっての？　かっこいいじゃん」

「英語喋《しゃべ》れるの？」

「喋れないけど、コレでなんとかなる」

と、箸を握った右手をテレビのほうに突きだして親指を立ててみせる春川。テレビの中ではちょうど若手のお笑いコンビがラスベガスでひと稼ぎしてくるという指令を言い渡されて、砂漠の真ん中を突っ切る道路の端でスケッチブックを掲げてヒッチハイクを試みていた。

ベガスもいいなあなんて思いっきりテレビに影響されて独りごちている春川に有海は呆

れた視線を向ける。

「そんな行動的な春川見たことない。バックパッカーなんて過酷な旅、春川には無理だと思うけど。自炊できないしもやしっ子だし暑いとすぐバテるし、超インドア派だし、バイトもしたことないでしょ」まあ唯一特性があるとすれば、人懐《ひとなつ》こいというか不思議と他人に世話を焼かせてしまうこの奇妙な性質かもしれない。放浪犬みたいに行く先々で誰かに拾われてご飯をもらいつつ何気に旅を続けていきそうな気もしないではない。

有海の指摘に春川は小首をかしげてあっさりと言った。

「そうかなあ。じゃあやめた」

「え、やめるの？」なんだこの、なさすぎるほどのこだわりのなさは。

「ここでたらあんたの焼きソバ食えなくなるし」

「ちょっと待って、わたし別にずっとはここにいないよ？　家にいづらいからちょっと居候してるだけで」

慌てて有海が答えると、春川はそのときはじめて有海がこの部屋にいるのが必ずしも当たり前ではないってことに気づいたような顔をした。なんだかちょっと、さっき一瞬でも真剣に落ち込んでしまった自分に頭痛がした。卒業したら学校で会えなくなるってことも疎遠になっていくのだろうかなんてことも、春川は言われなければそのときになるまでこれっぽっちも気づかないに違いない。というかこいつは三日以上の先のことを真剣に想像してみたことなんてないような奴なのだ（有海だって人のことは言えないけど）。春川のこの性格のせいで、きっと自分たちの関係ははっきりした言葉で定義できない、なんていうか刹那《せつな》的な何かにとどまったままなのだろう。

半熟卵でいられる時間は短い。でももしかしたら、春川はこの世界で唯一、いつまでたっても半熟でいられる特異な人間なのかもしれない。

脇腹のあたりにひやりとした感触があり、目が覚めた。いつの間にか眠っていた。少しぼうっとしてから、リビングのベッドマットの上でテレビを眺めながらごろごろしているうちに寝入ってしまったことを思いだす。ローテーブル越しにプラズマの青白い光がちらちらと瞬《また》いていた。

着ているTシャツの内側に春川の手があった。春川が覆い被《かぶ》さって唇を重ねてくる。いつもと違う、少し乱暴な一方通行のキスに有海はびっくりして「ちょ、はるかわ……？」顔を背けて抗《あらが》おうとしたが、細いくせに意外に強い腕の力に押さえつけられて芋虫みたいにもがくだけ。暴れた足がゴミ箱を蹴《け》った。

春川の手が脇腹を滑って腰に触れ、反射的にぴくんと身体が跳ねた。そのまま指が下着を引っかけて引きおろした。

「やっ、はるかわ、やだっ……」

必死で抵抗して身をよじる。がりっという音がした。

「痛っ」

唇が離れた。無意識に春川の唇を思いきり咬《か》み切っていた。若干身体が自由になり、有海は両腕を突っ張って春川の胸を押しのけ転がるようにベッドマットの端まで距離を取った。胸の前でクッションを抱きしめて息を切らせながら春川に怯《おび》えた視線を向ける。

「痛《い》って……咬むなよー……」

春川はベッドマットの反対側の端に腕をついて座り、舌打ちをして手のひらで下唇を拭《ぬぐ》った。春川の皮膚の断片が有海の舌の上にあり、口の中に血の味が浸みた。

「い、いきなり、何す、」

「どろどろしてきたから。我慢できなくなりました」

さほど悪びれたふうもなく、逆にふてくされた顔で春川はその場にあぐらをかいて金茶色の髪をぐしゃぐしゃ掻《か》きまわした。

「いいじゃん、別に」

「よ、よくない」

「なんで」

「なんでって、こういうのは同意の、」

言いかけたとき、強烈な吐き気が食道にこみあげてきた。放送時間が終わったテレビみたいに視界がちかちか瞬いて目眩《めまい》がした。身体を折って口を押さえる。トイレに立とうとしたが頭がぐらぐらして立ちあがることができない。目についたゴミ箱をとっさに摑《つか》み寄せ、ゴミ箱に半ば頭を突っ込んで吐いた。

「ちょっ……」

春川がぎょっとして腰を浮かせる。近寄るなとばかりに有海は消化しきれていない焼きソバの混合物入りのゴミ箱を春川に向かって投げつけた。ほとんど勢いは乗らずゴミ箱は床に転がっただけで、さらにこみあげてきた嘔吐物《おうとぶつ》の処分場所を失って膝《ひざ》に突っ伏す。

「いい、いいから吐け、ここで」

タオルケットを顔に押しあてられた。タオルケット越しに春川の膝のあいだに顔をうずめる格好で、咳《せ》き込みながら残りのものを吐きだした。今ばかりは自分をうまく外に追いだすことができず、苦しくて涙が溢《あふ》れた。

嗚咽《おえつ》を漏らしながら、拳《こぶし》を握って春川の胸を叩《たた》いた。どんっと重い音がする。

「うぅー……」

言葉にならない抗議をこめてさらに何度も拳で叩く。

「ごめん。悪かったって。吐くかふつう……」

持てあましたようにぼやきながら春川が背中をさする。身をよじって手を払いのけ、さらに殴ろうとしたが、有無を言わさずきつく抱きしめられて胸に顔を押しつけられた。ほんのりと血の匂いがした。

「ごめんって。そんなに嫌だった？」

問う声に首を振り、春川の首に腕をまわしてしがみつく。拒絶したばかりなのに今度はきつくしがみついて、鎖骨にごつんと額を押しつけた。

喘《あえ》ぎながら途切れ途切れに、溢れてくる涙と一緒に言葉を吐きだした。

「チ、チチオヤのことを、思いだした……ちっちゃい頃、チチオヤ、わたし、レ……レイプしてた……おかあさん、には、言っちゃだめ、って……。わ、わたし、嫌だった……けど、言えなかっ……」

頭がこんがらがって、チチオヤ、レイプなど何度も同じ単語を繰り返す以外整然とした説明はできなかった。

電話の向こうの幼い〝有海〟が拙《つたな》い声で話したことが、有海の記憶の欠けていた一部にぴたりと吸いつくようにはまり込み、生々しいくらい明瞭《めいりょう》な映像が嫌でも思い起こされた。自分から興味を持って手を伸ばしておきながら、それは思いださないほうがよかった記憶。メントールの煙草の臭い、スカートの中に入り込む父親の手、神経質に磨かれた爪、左手で光る銀色の腕時計、耳たぶに吐きかけられる引っかかり気味の息づかい。人魚姫みたいに口を閉ざして、コトが終わるのをじっと待っている幼い自分。

春川は無理に詳細を訊《き》き返したりはしなかった。有海の背中を抱きしめてさすりながら、ただ無言で有海のごちゃごちゃな話を聞いていた。

「有海」

耳もとで呼ぶ声。いつも〝あんた〟とか〝おーい〟とかばかりで春川が直接有海の名前を呼んだのははじめてかもしれない。吐瀉物《としゃぶつ》で汚れるのもかまわず有海の頬を持ちあげてキスをする。今度は有海も抵抗しなかった。Ｔシャツの襟ぐりを乱してパンツをお尻《しり》の半分までおろしたあられもない格好で春川の首にしがみつき、体面もなく涙と吐瀉物にまみれてぐしゃぐしゃと泣く。

「悪かった。ごめん。大丈夫だから……ここにチチオヤはいない。誰もあんたが嫌なことはしない。嫌なことなんて何もない。何もされない」

囁く声と、涙と吐瀉物で濡《ぬ》れた有海の唇を舐める春川の舌の感触が五感を優しく撫《な》でる。嫌なことなんて何もない――春川といるとその言葉が本当に思えて心地よく、少しずつ気持ちが落ち着いてくる。春川の声は魔法みたいに有海を怖い現実から遠ざける。圧倒されるくらいに目の前をびゅんびゅん飛び去っていく時間の流れがゆっくりになる。

しゃくりあげながら頷いて、有海のほうから春川の舌に舌を絡《から》めた。焼きソバのなれの果てと春川の唇に滲《にじ》む血の味が絡まった。

その夜のキスは涙と吐瀉物と血が混じった最悪な味で、そして今までで一番長くて深かった。

そのまま次の日の昼まで、片づけもしないで抱きあって眠った。

＊

夏休みの残りの期間を有海はほとんど春川の部屋でだらだらと過ごした。

春川の夏休みの過ごし方といえばクラスの男子たちとマックでだべるか部屋で寝転がってテレビを見るか借りた漫画か雑誌を読んでいるかくらいで、有海も暇潰しにその少年漫画を読みはじめたらハマってしまい、同じ部屋で二人で延々黙々と全六十何巻の長大な漫画を読みふけって二、三日が終わるなんていうこともあった。読み終わったあと感想を言いあって盛りあがるなんていうことはあまりない。有海はチサコたちと少女漫画やドラマの話で盛りあがることもあるが、春川は本やテレビの感想を他人と共有することに必要性を感じていないタイプだ。

煙草が切れると春川は少し不機嫌になって、百円ライターを意味もなくつけたり消したりする。ちょっとしたことで機嫌を損ねてモノにあたることがある。好きな食べ物なら毎日同じでも文句は言わないが、好き嫌いは多くて嫌いなものは意地でも食べない。はっきり言って我慢強くはない。

最初の印象では春川はいつも頭に花を咲かせてへらへらしているように思えたが、意外と感情の波が不安定なところがあると次第に気づくようになった。なんていうか、感情部分が本来の年齢よりもだいぶ拙《つたな》い、というか。もしかしたら有海にも同じようなところがあるから気がついたのかもしれない。

夏休みの終わりには、さすがに家に帰らざるを得なくなった。制服も通学カバンも家にあるし、春川のマンションから学校に通うというのもどうなんだろうという気がする。航兄への複雑な気持ちも夏休みを過ごすあいだにだいぶ落ち着いて、家に帰って久しぶりに航兄と顔をあわせたときも普通に喋ることができた。

「ただいまあ。チサコん家《ち》にずっといたよ」

笑顔でさらりと嘘をついた。何日も世話になって何をしていたのかと訊かれて、チサコのおばさんに浴衣《ゆかた》を着せてもらって花火大会に行ったとか、カラオケ屋のバイトを体験してみたとか、掃除や洗濯も手伝ったとかするすると作り話がでた。嘘をつくことに対してもう心は麻痺《まひ》してどこも痛まなかった。

航兄は相変わらず日野ちゃんと中学生みたいな交際をしているようだ。

思いだした過去の記憶は心の奥に再び閉ざした。何日かは吐き気が続いて何も食べられなかったが、それも時間とともに次第に収まった。ちなみにそのあいだ春川は半熟目玉焼きのせ焼きソバを作れとは言わなかった。春川なりに気を遣っていたらしい。子供っぽい気の遣い方にちょっと笑ってしまった。

夏休みがあけて約一週間。

二学期制の三島南では九月の終わりに前期テストがあるので、非受験組とはいえなんだかんだで休み呆《ぼ》けしている暇はない。受験組、非受験組にかかわらず休み時間にも単語帳やノートに目を落とす者が多くなり、教室の空気が心なしか引き締まっている。

「有海ちゃん」

チサコの机の脇に顎《あご》を乗っけて世界史の語呂あわせを一緒に考えていると、日野ちゃんが机の向こう側に立った。夏休みあけにもかかわらず有海と同様に陽に焼けた様子がないのは有海みたいに無為に過ごしていたからではなく勉強に励んでいたからだろう。チサコが露骨にうっとうしそうな視線を向けるのを横目で見つつ、「何？」と有海はいつものふにゃふにゃした笑顔で応じた。

前期テストがあるとはいえ、夏休みがあけてから受験組と非受験組の温度差はいっそう激しく、クラスがぱっくり二つに割れたようになっている。いがみあっているわけではまったくないが、自然と交流は少なくなる。心持ち遠慮がちなはにかみ笑いを浮かべて、日野ちゃんは小声で言った。

「あのね、もうすぐ佐倉先輩の誕生日でしょ。受験なんだし気を遣わないでいいって先輩には言われたけど、何かあげたいんだ。有海ちゃん、相談に乗ってくれないかな。先輩が好きなものとか、欲しがってるものとかない？」

「あー、航兄の。そういえばもうすぐだね」

すっとぼけて答えたがもちろん航兄の誕生日を有海が忘れるわけがない。九月三十日。航兄は友だちと騒ぐほうではないので毎年誕生日は伯母《おば》さんがご馳走《ちそう》を作ってくれて、家族でささやかなパーティーをした。伯父《おじ》さん夫婦が仙台に行ってしまったので、今年は二人だけでお祝いするのだろうと漠然と思っていた。

でも、そうか。今年の誕生日は、航兄は日野ちゃんと過ごすのか。つきあっているのだから普通のことだ。

「靴がね、ぼろぼろでしょ。航兄」

迷わず有海はそう切りだした。

「あ、うん。気がついてたよ」

と日野ちゃん。そうか、気がついてたか。日野ちゃんはいい子だよ航兄、と安心すると同時に胸が少しちくりとした。「航兄は足がでかいんだよ。だから欲しい靴のサイズがなかったりして、あんまり買い換えられないのさ」言いながら有海はいったん自分の席に戻り、カバンを引っ掻《か》きまわして手帳を持ってきた。プリクラやステッカーがべたべたと貼ってあるビニール製の安物だ。航兄と（無理矢理）撮ったプリクラもあった。

折りたたんで手帳に挟んであった雑誌の切り抜きを抜きだす。春のうちに見つけてあったメンズ雑誌の切り抜きで、すでに折り目が擦《す》り切れてちぎれそうになっている。キングサイズでかっこいい靴が揃っているインポートショップの記事だった。

「ここ、一緒に行ってみたら？　あげるよ、これ」

切り抜きを見せると日野ちゃんは目を丸くした。

「いいの？　有海ちゃんが一緒に行くつもりだったんじゃ」

「航兄にあげようと思って入れっぱなしになってただけ。ちょうどいいから一緒に行けばいいよ。航兄、きっと喜ぶよ」

やや強引に切り抜きを日野ちゃんの手に押しつけると、

「ありがとう」

と日野ちゃんは遠慮しながらも満面の笑みになった。百合か何かの控えめな花が背後に咲いているのすら見えそうな笑顔だ。「その日、ケーキ焼いて持っていこうと思うから、有海ちゃんも一緒に食べようね。ちょうど前期テストも終わるし」周囲に花を撒《ま》き散らして軽やかに身をひるがえす日野ちゃんの後ろ姿を、女の子っぽくてかわいいなあと有海は素直に感心して見送った。ケーキを手作りする女子なんて現実にいたのか。

日野ちゃんが席を離れてから、黙って見ていたチサコがぼそっと言った。

「日野って無神経だよねえ。それとも知ってて計算してやってるのかね。それはそれですごい神経だな」

「いい子ではないか、日野ちゃんは。航兄ともあってると思うよ」

思いついた語呂あわせをシャープペンでノートに書きつけつつ有海は答える。チサコが机に肘《ひじ》をついて顔を近づけてきた。

「余裕だね。春川さんとうまくいってんの？」

「うまくっていうか、別に何も」

「だって夏休み中ずっと春川さんとこにいたんでしょ」

「うん。半熟の目玉焼きの特訓をしていた」

飄々《ひょうひょう》とした有海の返事に、もっと面白いことでも期待していたのかチサコは「はあ？」と眉《まゆ》をひそめた。有海のほうは眉ひとつ動かさずにしれっとして続ける。

「あとキスした」

「そっちを先に言えよ。で、その先は？」

「ないよ」

「何それ」

拍子抜けしてチサコは肘を滑らせた。静岡の海で大学生とうまい感じにやっていたらしいチサコの価値観ではキスまでしておいてその先に進まないというのはサルから進化したヒトとして理解不能なのだ。

「春川さんてどんな人？　日野が言ってた中学の話、まさか本当？」

予鈴が鳴った。廊下で喋っていた男子たちがだらだらと教室に入ってくる。数学のイガちゃんは来るのが早く、本鈴と同時に席についていなかった者に容赦なくしょっぱなから問いをあてる。有海もノートを閉じて立ちあがり、チサコの席を離れる前に、冗談っぽく小声で言った。

「春川は……犬？　みたいなやつ？　じゃれてるうちに本当に咬まれることはあるかもしれない」

日野ちゃんに聞いた春川の中学時代の噂——折りあいの悪かった教師と、つきあっていた彼女をガラス片で刺したという話。春川の中にそういう種類の危うさは確かにあった。ただそのときは、有海はその危うさを深刻に危険なものだと認識していなかったか、あるいは認識していて潜在的に気づかないふりをしていた。

＊

「進路調査票、だしてないのお前だけだぞ、佐倉」

「NASAじゃ駄目ですか」

「就職するにしてもそろそろ志望を絞らないとだな……」

他の生徒の進路調査票が綴《と》じられたファイルに目を落としつつ、依田《よだ》先生は有海の戯言《たわごと》をさらりとスルーした。

昼休みの終わり、そろそろ呼びだしが来るかと思ってはいたが担任に呼ばれ、げんなりしつつ有海は進路指導室の入り口に近い場所に立っていた。依田先生は六組の担任でもあり進路指導主任でもある。腹まわりの肉が気になりはじめた四十代前半の現国教師で似合いもしないくせに眉を細く整えているのがいやらしい印象で、有海はこの担任が好きではない。耳と目が大きくてなんのひねりもなく生徒間のあだ名はヨーダ。

千野も牧野ももう決めているぞ、と焦燥感を煽《あお》るためか有海と仲のいいクラスメイトの志望先を並べたてたあと、

「ところで佐倉、四組の春川とつきあいがあるそうだな」

どこでそういう話を聞きつけてくるのか知らないが依田先生が切りだした途端嫌な感じがした。自然と態度が険悪になる。

「それがどうかしましたか」

「いや、ほら、佐倉はやる気はないが悪い生徒じゃなかっただろう。春川にはあまりいい噂を聞かないから、何か影響を受けてるんじゃないかと……」

依田先生は言葉を濁《にご》して具体的なことを言うのは避けた。やる気はないが悪い生徒じゃなかったというのは彼の中ではフォローのつもりなのだろうか。先生は君のことをわかってやっているぞという。

どうやら日野ちゃんが知っている中学時代の噂話は教師のあいだにも浸透しているらしい。言い返したかったが何も言えずに有海は押し黙って唇を噛《か》んだ。

春川はただナチュラルにそこにいるだけで、人になんの影響も与えたりしない。過去に問題を起こしたとか一年ダブっているとかいう理由で、それでもまわりからは勝手にそういうふうに見られるのだ。それが悔しくて、そして言い返す言葉が浮かんでこない自分がもっと悔しかった。

進路指導室から帰る途中で四組に寄った。前に春川と廊下でプロレスごっこをしていたところを見た覚えがある短髪の男子の姿を見つけて声をかけ、春川の居場所を訊《き》いた。確かハラショーとかいうあだ名で呼ばれていたその男子は首をひねって一応教室をぐるりと見まわしたあと、

「春川さん、今日はまだ見てないよ」

「休み？」

「さあ……。卒業する気あるのかねえ、あの人」

「ねえ」

そんな会話をして四組を離れた。
六組には戻らずに、三階から四階の特別教室に向かう階段を小走りで駆けあがる。踊り

場の角を曲がると、踵《かかと》を踏んで履いた使い込んだ感のある上履きの足が見えた。その場で足をとめて顔をあげる。火のついていない煙草を口の先にくわえて、火をつける気があるふうでもなく百円ライターをかちかちやっていた春川がこっちを見おろしてきょとんとした。

「ガッコ来てるんなら、授業でれば」

「うん」

にっこり笑って適当な相づちを打つ。うんって言いつつでてないじゃん……。

「今、担任に呼ばれた。進路調査票だせって」

「あー、俺やっぱり放置されてるよ。うちの担任何も言ってこないや」

「いいなあ」

「別によくもないよ。三年はダブらないほうがいいですよ？」

「説得力ないいね」

「俺が言うから説得力あるんじゃん」

ろくでなし感が漂う会話を交わしつつ、階段をのぼって有海も春川の隣に座った。相変わらず冷房の効いていない昼さがりの階段は残暑の茹《ゆ》だるような暑気が停滞している。しかし太腿《ふともも》の裏に触れるリノリウムのひんやりした感触が気持ちよい。空気に含まれる細かな塵《ちり》が踊り場の窓から射す陽光を反射してカーテンみたいにゆらめいている。

「もうすぐテストだねえ」

「そうだなあ」

またしばらくろくでなし二人の会話は続く。

「春川、三年二回目でしょ。去年の問題教えてよ。ヤマとか張ってないの？」

「俺、去年の前期受けなかったもん。それで単位もらえなくてダブった」何やら偉そうに春川。

「授業でないとまたダブるよ？」

「今年は卒業するよ。いい加減ハハオヤに金もらうのもヤだし」

ハハオヤの話題でなんとなく会話が途切れた。

春川の隣で流れる沈黙は居心地が悪くない。次の話題を焦って探す必要もなく、一人で考えごとに沈んだり何も考えずにただぼんやりしたり、どちらかがふと思いついて口を開くまで自分のペースで沈黙に浸っていられる。

踊り場に降りる白濁した塵のカーテンに何気ない視線を流しながら、今日は春川のほうから口を開いた。

「有海ぃ」

「何？」

「好き」

「……うん」

視界の端に春川の横顔を入れながら有海も何気ない感じで頷く。

前にも二人でここで話したことがあった。夏休み直前、好きだからつきあおうと春川に気軽に言われた日。あのときはまだお互いたいして相手のことを知らなかった。

――もし本気でどろどろするくらい好きになったら、殺したくなるかもよ。

そのとき交わした会話を覚えている。

あのときの好きと今の好きとでは、何かが変わったのだろうか。今は前よりもお互いのことを少しは知っている。キスもしたし一緒に眠った。嫌いな食べ物も使っているシャンプーの種類も寝起きの悪さもよく読む漫画もかさぶたを剝《む》く癖も。座っている距離が前よりも近く、階段についた右手の指を少し伸ばせば簡単に触れる距離に煙草を指に挟んだ春川の左手が置かれている。

ふいに春川がこっちに首を傾けた。顔を近づけて、ごく軽く唇を重ねる。目を閉じると視覚から階段の風景が消滅して心地よい浮遊感に包まれる。地上から隔離されたあの十一階のフラットに二人きりでいるときのような。

ばさっという音がした。

顔を離して二人同時に踊り場に首を振り向けた。教科書を胸の前で抱きしめた一人の女子生徒が踊り場からこっちを見あげていた。俯《うつぶ》せに広がったノートが小柄な彼女の足もとに落ちている。日本人形みたいな黒髪ストレートの美少女。

「日野ちゃん」

若干驚きつつ有海は声をかけた。日野ちゃんは突っ立ったままぎこちなくこちらに視線を向け、それから隣の春川のほうに視線を移して、途端怯えたような表情を走らせた。

一歩後ずさり、小動物が敵を警戒するみたいに春川に視線を固定したまましゃがんでノートに手を伸ばし、ノートを引ったくるように拾いあげた途端きびすを返して階段を駆け降りていった。上履きの靴音がぱたぱたと階下に消えていく。

「日野ちゃん……？」何あれ。

「何あれ」

有海が考えたことを春川がそのまま口にする。有海は少し言葉を濁して、

「航兄の彼女……だよ」

説明する自分の声が未だに細い針のように心に刺さった。

「佐倉の？」

「うん。夏休みから」

「へえ」

日野ちゃんが走り去っていった方向に視線を投げて、春川はあまり興味なさそうに相づちを打った。

その日のその小さな出来事を有海はたいして気にとめなかった。おそらく春川も。日野ちゃんが害のある女の子だとは有海はまったく思っていなかったし、航兄の彼女ということでできるだけ好意的な目で見ようとしていたし、実際日野ちゃん自身に、少なくとも有海に対しては好意はあれど悪意はなかったはずだ。

好意が稀《まれ》に害意を呼び起こす場合があるということを、直前に思いだしていたにもかかわらず、このとき有海が結びつけて考えなかっただけで。

そして、とうとうその事件は起こった。

＊

翌日、有海はしっかりと寝坊して、寝癖で跳ねた癖っ毛を至極適当でダサめなおさげでごまかして二限から学校に来た。あくび混じりに本鈴前に席につくなりチサコとマッキーが有海の机を取り囲んだ。

「有海、何呑気《のんき》な顔してんの」

「ふぁ、おはよう」

ゆるんだ挨拶《あいさつ》をしつつ二人を見あげると、チサコはえらく真面目な顔を、マッキーに至っては蒼《あお》い顔をして今にも泣きだしそうだった。

「どうかしたの？」

「まだ聞いてないの？　春川さん、停学だってよ」

二度目のあくびをしかけて間抜けに口をあけたまま有海は一瞬固まってから、椅子を揺らして思わず立ちあがった。クラスメイトはあらかた席についたところだったので怪訝《けげん》な視線が自分に集中した。

「なんでっ？」

摑《つか》みかからんばかりにマッキーを問い詰める自分の声がうわずるのがわかる。マッキーは小さく悲鳴をあげて身をすくめただけで、チサコがかわって冷静に答える。

「煙草見つかったって」

「現行犯？　なんでそんな間抜けなこと」

「違うよ、誰かがチクったみたい。でもカバンから煙草見つかったし、春川さんも否定しなかったって……やばいよ、ただでさえダブってるのに下手したら退学かも」

チサコの声の後半のほうはほとんど耳をすり抜けていた。突っ立ったままなんとなく無意識に教室に視線を巡らせる。クラスメイトたちがやけに静まり返って見守る中、窓際の席で一人だけ俯《うつむ》いて小さくなっている女子がいた。有海の視線はそこでとまる。

（日野ちゃん……）

ちらりとこっちに視線を向けて、日野ちゃんは硬い表情ですぐに目を逸らした。

昨日、そう、階段で日野ちゃんと出くわしたとき、確かに春川は煙草を手に持っていた。火はつけていなかったけどこの際それは関係ないだろう。でも喫煙している男子なんて他にもいるし、そんなのはもし見つけたとしても見ないふりをするという暗黙の了解が生徒間には当たり前に存在しているはずで、有海はそれについては別に心配していなかった。

でも、日野ちゃんは先生に知らせた——。

音を立てて椅子を蹴倒《けたお》し、身をひるがえした。

「有海！」

チサコとマッキーの声を無視して教室を飛びだす。二限の始業直前に四組に行って廊下側の席のハラダショウジを問い詰めると少々ひるみ気味に春川はちょうど帰ったところだと教えられ、礼を言うこともなく取って返して廊下を走った。踵《かかと》を踏んで履いている上履きが脱げそうになってつんのめる。授業のために廊下を歩いてきた数学のイガちゃんに呼びとめられたが無視して脇をすり抜けた。

階段を駆け降り、息を切らせて昇降口の手前に着いたが、人影は見あたらなかった。静まり返った無人の昇降口に視線を巡らせる。白濁した戸外の光が細く射し込み、等間隔に並んだロッカーの影をリノリウムの床に薄く落としている。

何かを引っ掻く音が澱《よど》んだ空気にかすかに浸透していた。

一度立ちどまった足を再び踏みだし、次第に早足になってロッカーのあいだを抜ける。

音が聞こえるロッカーの列の端に立つと、背中を丸めてロッカーの前にしゃがんでいる制服の後ろ姿があった。

一つ呼吸をして息を整えてから、

「春川」

声をかけると、金茶色の頭がこっちを振り仰いだ。何をしているのかと思ったら、ロッカーに貼られたネームシールをカッターナイフで削っているようだった。春川のロッカーは三年四組のブロックの一番下の段だ。

「何してるの」

若干掠《かす》れた声で有海は問いかける。春川は今ひとつ緊張感のない顔で困ったように小首をかしげた。

「名前剝《は》がそうと思ったんだけど綺麗《きれい》に剝がれなかったから」

ロッカーのすのこの下に学校指定ではないぺたんこの肩かけカバンと外履きのスニーカーが放りだしてある。サルのマスコットがぶらさがったウォレットチェーンがいつもどおり制服の腰で揺れていた。

有海はそちらに近づいて、春川の横に膝《ひざ》を抱えてしゃがんだ。春川はもう視線を戻して名札を削る作業を再開している。シールが中途半端に剝がれて〝春川〟という文字がまだ十分読み取れるくらいに残っていた。

「学校、やめるの？」

「うん。自主退学したほうがまだ社会的にマシだぞってセンセに脅《おど》されたから」

「でも……卒業するってゆったじゃん」

「しょうがないよ。悪いの俺だし。自業自得というやつ？」

「もうガッコで会えなくなるよ」

有海の台詞《せりふ》に、作業の手を休めて春川がこちらに視線を向けた。今日学校を自主退学しようという人間の深刻さなんてかけらも感じられない、感情のどこかが欠落したいつもどおりのにこにこした笑顔だった。

「じゃああんたも一緒にやめる？」

しゃがんだまま軽く跳ねるようにして身体ごとこっちに向きなおる。肩に垂れる有海の三つ編みに春川の指が何気なく触れる。前にギターを弾く人の手に似ていると思った、骨張った長い指、短く切った爪。指先が少しひらたくなっている。有海は動かずに、三つ編みの先をつまんでもてあそぶその指を見つめていた。

「どうせ生活費ももらえなくなるし、あの部屋もでなくちゃだから、二人でほんとに海外でも行こうか」

カッターナイフの刃先が有海の髪をとめていた細いゴムをするりと切った。三つ編みがほどけてばらけた癖っ毛が肩にやわらかく落ちる。

「有海ちゃんっ……」

人気のない昇降口に声が響いた。

呼ばれた名前に反射的に反応して首を振り向けた瞬間、肩口にあったカッターナイフが軽く頬に触れてすうっと薄く皮膚が切れた。「あ」と有海本人はとぼけた声を漏らしただけだったが、ロッカーの端に立った日野ちゃんがそれを見て悲鳴をあげた。いったいどんな凄惨な残虐殺人事件現場を目撃したのかというほどの甲高い悲鳴が鼓膜《こまく》を突き抜けて有海は思わずのけぞってしまった。

廊下のほうから足音が近づいてきた。

「日野、なんだ今の声は」

タイミングの悪いことに、現れたのは担任で現国教師で進路指導主任で眉《まゆ》が細くて生徒のことをよく理解している偽善者の依田先生だった。

依田先生が日野ちゃんの肩に手を置き、ロッカーの下にしゃがんでいる有海と春川を見《み》咎《とが》めて細い眉をあげた。春川の手にはカッターナイフ、頬から血を流している有海、悲鳴をあげた日野ちゃん――傍《はた》から見てどう考えても尋常な状況ではない。おまけに春川は贔《ひい》屓目《きめ》に見ても教師の心証はよくない。

「春川、何してる！」

「先生、春川は何もしてない」

とっさに有海は春川をかばって立ち塞《ふさ》がった。しかし依田先生は有海を押しのけて手を伸ばすと、まだ状況を把握していない顔でしゃがんでいた春川のシャツの肩口を乱暴に摑んで立ちあがらせ、

「それを渡しなさい」

むやみに威嚇《いかく》するように声を荒らげて命じた。春川はといえば今ようやく自分に攻撃が向けられていることに気づいたらしい。カッターナイフを片手で器用に持ち替えると、舌打ちしつつもおとなしく持ち手のほうを先生に向けて差しだした。

「まったく……」

いつ見ても似合わない細く整えた眉を深く寄せて先生は忌々《いまいま》しげな溜《た》め息をつき、差しだされたカッターナイフに手を伸ばしながら有海のほうにも目を向けて、子供をなだめるようにへにゃりと眉尻《じり》をさげた。気持ち悪い顔だ、と有海は潜在的に嫌悪感を覚えた。

「ほらみなさい。先生の言うことを聞いておけばこんなことにはならなかったんだぞ。お前は問題を起こしたことはない生徒だったじゃないか。いつからそんなふうになってしまったんだ。亡くなったお父さんに申し訳ないと思わないのか？」

カッターナイフが皮膚に触れたときよりもずっと鋭利に、その無神経で無礼で偽善的で一方的な憐《あわ》れみと蔑《さげす》みに満ちた台詞は毒を持って有海の心臓を突き刺した。正気なのかこの先生は。親の墓前に顔向けができないほどくだらない人間だと、親を亡くした本人の目

の前で。

刹那《せつな》の出来事だった——依田先生の手がカッターナイフの持ち手に触れる直前、春川の手が閃《ひらめ》いた。

依田先生がぎゃっと濁声《だみごえ》の悲鳴をあげてのけぞった。猫背気味の先生の背中がロッカーにぶつかり金属製のロッカーが軋《きし》みをあげて揺らぐ。先生の左の肩口がカッターナイフで深くえぐられていた。裂けたワイシャツの白い地に見る間に鮮血の染みが広がる。傾いた身体をロッカーに預けて唖然《あぜん》とした顔で肩を押さえる先生の前に、カッターナイフを右手に持った春川が立つ。

「あ……あ……」

自分の身に起こったことが、自分が生徒に刺されるなんてことがまさか現実にあるなどと理解できないみたいな顔で先生は打ちあげられた金魚そっくりに口をぱくぱくさせるだけ。有海はとっさに声のだし方を思いだせずにただ硬直してその場に突っ立っていた。こういうときに悲鳴をあげるのは日野ちゃんの役目で、日野ちゃんはもちろんというか学校中に響き渡りそうな甲高い悲鳴をあげた。

「あんたサイテーだな。むかつくよ」

依田先生に向かって語りかける春川の声も横顔に張りついた表情も平板で至極冷静な感じだった。冷静すぎて場違いなくらいに。

逃げることも思いつかないのか唖然としている依田先生の、あろうことか血が滲《にじ》む肩口の同じ場所に、春川は逆手に握ったカッターナイフをもう一度突き刺した。「ひい」と先生の口から引きつった声が漏れる。

「あんたセンセイに向いてないよ。やめれば？　ていうか人間に向いてないんじゃね」

言いながら春川は何度も何度も、同じ場所にカッターナイフの刃を引き抜いては突き立てた。まるで親に叱られた子供があとでこっそりクマのぬいぐるみにでも当たり散らすような、そんな仕草で。ロッカーを背にして逃げ場を失った依田先生はやめてくれ、ごめんなさいと哀願するようなことを途切れ途切れに言っている。教師としての仮面などとっくに剝がれ落ちてかけらもなく、そこにいるのはただの怯える中年男だった。大人のくせに子供に謝りまくる弱くてみっともない人間だった。

鉛色のロッカーが赤い色に塗りたくられ、すのこの下のコンクリートに血の池が広がる。春川の顔も返り血を浴び、カッターナイフの刃を直接握る右手は先生に負けず血だらけだった。先生の血と春川の血が混じりあってカッターナイフの根もとから滴る。

日野ちゃんの悲鳴を聞きつけたのか、人が集まってくる気配が近づいてきた。

唐突に飽きたみたいに、春川が手をとめた。

「有海」

名前を呼んで振り返る。硬直して惨劇を凝視《ぎょうし》していた有海と目があう。返り血を浴びた春川の顔は血の色と逆に蒼白《あお》いくらいで、そしてかすかに笑いが乗っていた。

「帰ろっか」

放課後普通に迎えにきたみたいな当たり前の言い方で。左手をだして一歩こっちに歩み寄る。無意識に踵《かかと》ですのこを擦ってあとずさった有海を見て、いつもの犬みたいな仕草で小首をかしげた。

「なんでそんな顔すんの？　あんたまでハハオヤみたいな顔して……」

「た、助けてっ」

依田先生がその隙《すき》に半ば這《は》って春川の前から逃げようとした。春川の注意が再びそっちに向けられる。舌打ちをしてカッターナイフを振りあげる。

「春川！」

とっさの行動だった。有海は駆け寄って春川の右腕に組みついた。カッターナイフの刃先が手に触れたがかまわずに春川の腕ごと自分の身体に抱え込むようにして素手で刃を握り込んだ。手のひらに刃が食い込む感触。春川が少し驚いて抵抗した。

「だめ、春川！　死んじゃうよ！　殺しちゃだめ！」

「こんな奴別に死んだって」

「違うよ、春川のほうがっ……春川の、春川のこれからが、こんな奴のためにめちゃくちゃになっちゃう！」

まるで祈るように両手でカッターナイフを握り込んで有海は叫んだ。足音と人の声が昇降口に集まってくる。場の惨劇に全員一時唖然としたあと、男性教師や男子生徒が集団でとめにかかった。何人かに取り押さえられて春川から引き離された。昇降口の狭いロッカーのあいだにあっという間にたくさんの人が集まって春川の姿が呑《の》まれる。金茶色の頭が昇降口を飛びだしていくのが集団の隙間に見えた。何人かの教師や生徒がそれを追っていく。

「春川、はるかわぁ！」

男子数人に抱きかかえられながら有海はその名を繰り返し呼んだ。カッターナイフを握った両手が今さらひどく痛くなってきて、視界が暗くなる。灰白色の曇天が広がる外の世界へと呑まれていく春川の金茶色の頭と制服の後ろ姿が最後まで見えていた。

小さくなっていく春川の姿が、物理的な距離だけでなく気持ちの距離まで遠くなっていくような気がした。

*

学校側としては不名誉なことだろうが、それは三島南の校内で生徒が起こしたはじめての傷害事件というやつになった。依田先生は肩を十何針だか縫《ぬ》うという重傷で、出血多量で意識不明の状態だった。それについて有海の中で特に感想はない。有海も頬に絆創膏《ばんそうこう》と、両手に血が染みる包帯を巻かれていた。痕《あと》が残るかもしれないと言われたがあまり気にならなかった。春川の手のひらにも同じような傷はたくさんあったから。

病院に警察が来て、手当てを受けたあと有海は病院の談話室で事情聴取というものにつきあわされた。隣の椅子には日野ちゃんがいて一緒に質問に答えた。どこも怪我をしていないはずの彼女が何故病院にいるのかと思ったら、騒ぎの最中に貧血を起こして倒れたらしい。今も視界の端に入っている彼女の細い腕には点滴を受けた痕を示す白いメンディングテープが貼ってあって、まるで彼女が事件の被害者みたいだった。有海に言わせれば日野ちゃんはただあげなくてもいい悲鳴をあげただけだ。

病院にはマスコミも来ていた。春川は『キレやすい高校生』『教師をめった刺し』とかいう見だしをつけられて明日の新聞や週刊誌のトップに祭りあげられるのだろう。片親であること、母親にネグレクトされていたこと、中学のときの事件の真相なんかもプライバシーも何もなく調べあげられて、通学路で取材を受けた三島南の生徒が首から下だけ映って「あんなことするとは思わなかった」「学校では明るかった」だとか当たり障りのない感想を言って、社会評論家とかいうやつがワイドショーのゲストにでてきて『現代のキレやすい若者』なんていう記号と結びつけて知ったような顔で事件を解説したりするのだ。

考えると吐き気がするくらいむかついた。春川がやったことは若者がどうこうなんていう記号なんかでは括《くく》れない、単純に春川個人に起因する問題だ。

有海は昇降口で起こったことの始終を警察の担当者に話した。感情はどこか少し遠くに行ってしまって、意外なくらい冷静だった。春川がカッターナイフを持っていたのは単に名札を削るためだったこと、それを日野ちゃんが誤解して悲鳴をあげたこと、有海の頬がそのとき切れたのは完全に過失であること、先に暴言を吐いたのは依田先生のほうであること——。

我ながら過去十七年間でこんなに滑らかに言葉がでてきたことなんてないんじゃないかと思うほど落ち着いて、ひと言ひと言を端的に理路整然と、春川の立場が少しでもよくなるならと、自分で把握している限りのことをすべて話した。言葉だけでなく思考回路まで研ぎ澄まされて、まるで凪《なぎ》の海のように凛《りん》として静かだった。

日野ちゃんはといえば、いい加減あれから何時間もたったというのにまだ小刻みに震えてしゃくりあげつつ、「わたしはただ、びっくりして……」というようなことを途切れ途切れのか細い声で言っていた。どっちかというと警察の同情を引いたのは日野ちゃんのほうかもしれず、ああいう演技をしたほうが有利だったのだろうかと有海は少し後悔した。日野ちゃんはずるい女だ。

騒ぎを大きくしたことについて日野ちゃんは特に咎められることなく、そしてきっかけがなんにしろ春川が起こした傷害事件は、当たり前ではあるけれど、事実として消えることはなかった。

春川は、行方をくらましたきりまだ捕まっていない。

事情聴取から解放され、日野ちゃんと一緒に談話室をでると、チサコとマッキー、それに航兄が廊下で待っていた。マッキーが有海のカバンを持ってきてくれていた。

「佐倉先輩！」

それまでしゅんとした感じでおとなしくしていた日野ちゃんが有海の脇をすり抜けて真っ先に航兄に駆け寄った。大丈夫かと日野ちゃんに声をかけてから航兄はこちらに顔を向けた。話しかけあぐねているような航兄の戸惑いがちの顔を見て有海のほうから第一声を発した。

「伯父《おじ》さんたちには？」

「まだ知らせてない。有海に会ってからにしようと思って」

「ありがとう、航兄。じゃあこのまま知らせないで。大丈夫だからさ」

両手の包帯を軽く振って有海が笑ってみせると、

「……ああ」

渋々という感じだったが航兄は頷いた。航兄も仙台にいる伯父さんたちにわざわざ心配をかけたくはないだろう。

「春川さん、どこ行ったんだろうね」

マッキーの沈鬱《ちんうつ》な声が有海の胸に刺さる。日野ちゃんがびくりと身を硬くした。チサコが皮肉げな視線を日野ちゃんに向け、棘《とげ》のある台詞《せりふ》を吐きかける。

「煙草のことチクったのもあんたなんでしょう。春川さんが停学になったのもこんな警察沙汰《ざた》になったのも、全部あんたが余計なことしたせいだよ」

「わ、わたしは有海ちゃんのために」航兄の服の袖《そで》にしがみつき、ほとんど航兄の陰に隠れながらも精いっぱいという感じで日野ちゃんが言い返す。「あの人、怖い噂があるし、わたしはただ有海ちゃんが心配だったから……」

「それが余計なんだよ。なんで有海の心配をあんたがするのさ？」

「有海ちゃんは佐倉先輩の従兄弟《いとこ》だし、わたしにとっても大切な子だよっ……」

迫力のあるチサコの言いようにか細い声で言い返しながら日野ちゃんはもう今にも泣きそうで、言葉にはださないながらもあきらかに航兄に助けを求めていた。しかし女子のやりとりに航兄は口を差し挟みあぐねている。

「……いい加減にして」

有海の低い声が会話を遮った。

チサコが察して役割を譲った。伏せていた視線をあげ、有海は事件があってからはじめてまともに日野ちゃんの顔を見た。顔を見たら彼女に当たり散らしそうで、今まで好きになろうとしてきた彼女への気持ちが音を立てて崩壊しそうで、目をあわせることができなかった。でももう我慢できなかった。もう黙っていられない。

敵意のある視線でまっすぐ日野ちゃんを睨《にら》み据える。日野ちゃんはひどく蒼い顔をしていた。まるで悲劇の物語のヒロインみたいに。彼女の物語の中ではそれはもちろん彼女はヒロインなのだろう。しかし有海の中では、どんなに好意的に考えようとしてもとうとう最後まで彼女は味方にはなり得なかった。

「いい加減にうざいよ、あんた」

「有海ちゃん……？」

日野ちゃんの目が見開かれる。驚きと恐怖が入り混じった、思わぬ裏切りに遭って傷ついたとでも言いたげな目でこっちを見る。

「わたしのため？　大切な子？　気持ち悪くなること言わないで。だったらなんでわたしから大事なものを盗《と》っていくのさ。航兄を盗っただけじゃまだ気が済まないの？　なんでそのうえ春川までっ……」

押し殺していた感情が時間差みたいに今頃噴出してとまらなくなった。今になって涙が溢《あふ》れそうになりぎゅっと目の奥に力を入れて押し戻した。

「わたしから、わたしから春川をとらないでよ！」

自覚した。

いつの間にかこんなにも春川を好きになっていた。今、春川がここにいないことが耐えられないくらいに。一秒だって離れていたら苦しくて苦しくて身体がばらばらに分解されそうなくらいに。重ねたキスの数だけ確実に春川のことが好きになっていった。あのとき、昇降口から遠ざかっていった春川の背中が脳裏に焼きついて、塞《ふさ》がらない傷口みたいに今も血を流し続けている。

ほとんど引ったくるようにマッキーからカバンを受け取り、衝動的に身をひるがえして病院の白い廊下を走りだした。

「有海！」チサコとマッキーの声。

「佐倉センパっ……」

日野ちゃんの声は途中で掠《かす》れて掻《か》き消えた。

ロビーで航兄に追いつかれて腕を掴《つか》まれ、有海はいったん立ちどまって振り返った。涙がはじけて白いリノリウムの床に散り、絆創膏《ばんそうこう》が貼られた頰を手のひらで強く拭《ぬぐ》った。手に巻かれた包帯に水滴が染み、包帯の下の傷が疼《うず》いた。

「航兄……わたし、春川が好きなんだ。今捜さないとどこかに行っちゃう。会えなくなっちゃう。会いたいよ、春川に会いたいよう……」

自分の意思でとめられなくなった涙がぽたぽたと床に落ちて染みを広げる。

有海の腕を掴んだまま航兄はしばらく何も言わなかった。やがて腕を解放され、かわりに肩に優しく手を置かれた。

「有海。お前と春川は似てる。俺が高校のとき春川とうまくやってたのは、あいつがお前とそっくりだったからだ」

頭にかかる航兄の声に、俯いたまま有海は頷く。

「でも、有海。似てるから、たぶん一緒にいると二人とも不幸になる。足りないものを補いあう関係じゃないんだ、お前らは。同じところが足りないんだ。だから、気があうとは思ったけど、それ以上の関係になるのは俺は賛成しなかった。一緒にいると二人とも余計にぼろぼろになる。それでも……」

念を押すように、航兄の口調がゆっくりと慎重になる。

「それでも、いいのか？」

こくりと有海は頷《うなず》いた。迷うことはなかった。

一拍の沈黙をおいて、

「……わかった」

諦《あきら》めたような溜《た》め息をついて航兄はそう言うと、着ていた長袖のシャツを脱いで有海の肩にかけた。財布から抜き取った一万円札を有海の手に押しつけて、

「雨降ってきてる。タクシー使え。それから、あとで必ず電話しろ。音信不通にはなるな。これだけは約束だ」

一万円札を握りしめて有海は困惑気味に視線をあげた。力強い口調から感じるほど航兄は冷静な顔はしていなかった。何かをこらえるように心持ち仏頂面をして、セルフレームの眼鏡の奥で不機嫌そうに目を細めて。本当は心配で心配で仕方ないのだというのが痛いほど伝わってくる。

「約束する」

「ああ。春川のことは俺も捜してみる」

背中を押されて送りだされた。

航兄のシャツに袖を通して一万円札とカバンを抱え、九月の夜の長雨が降る中、有海は外へと駆けだした。

*

最初に春川のマンションに行ってみたが、警察を見かけてすぐにその場を離れた。さすがに春川も真正直に家には帰っていないだろう。未成年なので名前こそ公表されることはないだろうが今や春川は容疑者というやつだ。

春川を含めて学校のみんなの溜まり場であるマックやゲーセンも一応覗《のぞ》いたが、見つけることはできなかった。

思いあたるところはあと一つだけだった。神奈川方面へ向かう城南京浜線の二四時過ぎの終電に飛び乗った。残業疲れのサラリーマンや酔っぱらいの姿が目立つ汗臭くて酒臭い車内に揺られているあいだ、何度も悪い想像をしてしまう。あそこにいなかったらもう有海に思いあたる場所はない。夏休み中一緒にいたにもかかわらず、春川について有海が知っていることはあまりにも少ない。

東京と神奈川の県境、ほとんど神奈川に足を突っ込んだ、埠頭《ふとう》公園の最寄り駅で降りた。すでに深夜一時をまわり、駅前の人通りはだいぶ少なくなっている。バスはもちろん終わっていたので航兄にもらったお金の残りでもう一度タクシーを使い、埠頭公園の入り口で降りた。

少し前まで路面を強く叩《たた》いていた雨は傘が必要ないくらいの小降りになっていた。九月の海から吹く冷えた風が肌を刺す。深夜の東京湾は真っ黒だった。タンカーが停泊するコンテナ埠頭のほうに鈍い灯りがぽつぽつと灯っているだけで、公園の外灯は消えている。小雨が視界全体に薄い幕をかけ、コンテナ埠頭の灯《あか》りを朧《おぼ》ろに滲《にじ》ませていた。

男物のシャツの前をあわせて通学カバンを胸の前で抱え、防波堤のほうへと歩く。アスファルトにできた水溜まりをローファーの底が跳ねた。前に来たベンチのあたりで立ちどまり、黒い東京湾をぼんやりと白く切り取って横たわる防波堤に右から左へと、祈るような思いで視線を巡らせる。深夜だし雨なので当たり前ではあるが、花火で遊んでいる子供たちの姿を見かけることはなく、夏が終わってしまったことをふいに実感した。春川のフラットで過ごした夏休みのひととき、未来のことを考えなくていいまま時間がとまったような幸福な浮遊感に浸っていられた。けれど夏が終わったら、それまでの反動のように時間が急激に激流となって動きだしたみたいだった。

防波堤の一角からぽつんと一つ生えている影を見つけた。

夏のはじめ、はじめて見たときと同じように海のほうに脚を投げだして防波堤に腰かけている。コンテナ埠頭から滲むわずかな灯りが金茶色の頭髪をきらきらと反射していた。

膝《ひざ》から力が抜けるような気がした。

「春川……」

声をかけようとしたときだった。

人影がひらりと海に向かって身を投げた。あっという間に人影は防波堤の先に沈む真っ黒な東京湾に消えた。

予想外のことに一瞬頭が真っ白になり、口をあけたままその場に立ち尽くした。一拍おいてからローファーの靴底をこすって躓《つまず》きつつふらふらと歩きだした。ついには前のめりになって全速力で走っている。

「春川！　春か……！」

半ば泣きだしながら、防波堤に両手をついて眼下の海へと身を乗りだした。

「はるっ……」

ほんの一メートルばかり下で、金茶色の頭が驚いたようにこっちを振り仰いだ。有海はその格好のまま言葉を失って口をぱくぱくさせた。

防波堤の下には四本脚の大きなテトラポッドが積みあげられた二メートルほどの幅の段があった。灰白色のコンクリートブロックでできたテトラポッドの群れが波打ち際に打ちあげられた巨大クラゲの死骸《しがい》みたいに暗闇に帯状に浮かびあがっている。黒い海から断続的に波が寄せ、白い飛沫《しぶき》となって跳ね返る。

「あれ？」

テトラポッドの脚の突端に器用に立った春川が平和な顔で、

「なんでいるの？」

などと言う。春川と顔を見あわせて有海はしばらく固まっていたあと、脱力して防波堤に突っ伏した。心臓が本気で一瞬とまったかと思った。今ので絶対に寿命が十年くらい縮んだ。

「だっ……、飛び降りたのかと、思っ……」

安堵《あんど》の涙が声に混じった。立ちなおれないくらいに力が抜けて防波堤から身体が半分ずり落ちる。テトラポッドをひょいひょい渡って寄ってきた春川が両手を伸ばして有海の両脇にまわした。春川の腕に身をまかせ、重力に引かれるまま防波堤からずり落ちて、春川の膝に抱っこされるような格好ででこぼこのテトラポッドの上に二人で座り込んだ。

「びしょ濡《ぬ》れ」

「雨降ってたからね」

「風邪ひくよ」

はおっていたシャツを脱ぎ、びしょ濡れの金茶色の髪と冷えた肩を包む。濡れると少し癖を帯びる春川のやわらかい髪が指の隙間《すきま》を滑った。

「ケーサツとガッコが、捜してるよ」

「うん」

あっけらかんと頷く春川の脳天気さがちょっと癪《しゃく》に障り、腹いせ混じりにシャツで乱暴に髪を拭く。

「ごめん」

と、春川の手が包帯を巻いた有海の手を握った。包帯に口づけるように顔を寄せ、

「痛かった?」

少しばかり殊勝《しゅしょう》な態度になって問う。有海は首を横に振り、逆に春川の手を包帯で包み込むように握り返した。いつからここにいたのか知らないが九月の海風にさらされていた両手はすっかり冷え切って、そして他の似たような古い傷痕《きずあと》に重なって、先生を刺したときに自らをも傷つけたカッターナイフの傷痕が新しく増えている。お互いの手を握りあっ

て、二人はしばらくそのまま向かいあっていた。

「人を刺したの、はじめてじゃないんだ」

「聞いた……中学のときのこと？」

「あーそれ、知ってたんだ。元カノ絡みの話だから知られたくなかったんだけど」と春川はどうも少しズレたことでごまかし笑いをし、すぐに表情を消して続ける。「それじゃなくて、もっと前。小四くらいのとき。その頃一緒に住んでたハハオヤのコイビトが、すげえ酒飲みですぐ殴る奴で、俺は毎日、今日こそはあいつに殺されるって思ってた。こっちからやらなきゃやられるって思って。それでそいつが泥酔してまた俺を殴った日に……台所の包丁でそいつを刺した。そいつは血だらけで家から逃げて、外で倒れて、死んだ。俺はケーサツに、知らない男が押し入ってきてあいつを刺したって、証言して……」

波の音に乗せて二人のあいだに冷たい湿気を帯びた海風が吹く。ぽつぽつと話す春川の声が、寄せては返す波にさらわれて海へと沈んでいく。

「……俺のこと、怖い？」

寒さのせいか、春川の両手はほんのかすかに震えていた。

微笑《ほほえ》んで有海は首を振り、冷え切った春川の背中に腕をまわして少しでも暖めるようにきつく抱きしめた。

「怖くないよ。ちっとも怖くない」

有海が来るまで何を考えてここに一人で座っていたんだろう。小学生の頃のそんな事件を思いだして、何を思っていたんだろうか。もしかしたら一人きりで心細かったのかもしれない。

被《かぶ》せたシャツを通して感じる春川の背中はなんだか少し頼りなく、いつもより余計に細く感じられた。

「航兄、見つけたよ。うん、大丈夫、春川も……。わたし、しばらく帰らないかもしれないけど、心配しないで。ありがとう。また電話する」

少しだけ名残《なご》り惜しげに電話を切って、カバンのポケットに戻した。テトラポッドのてっぺんで海のほうを眺めて待っていた春川が振り返ってこっちに手を伸ばす。差しのべられた手を取り、引っ張り寄せられて有海も立ちあがった。

二人で手を繋《つな》いで、テトラポッドの上を渡って歩いた。コンテナ埠頭の朧ろな灯りに照らされて暗闇に浮かびあがるごつごつした白い跳び石のてっぺんからてっぺんへ、小さい頃にやったケンケン遊びみたいに跳んで渡る。

これからどうしようか、どうすればいいのか、何もわからなかったし考えていなかった。それでも二人でいるだけで楽しくてなんの心配もないような気がして、馬鹿みたいなことを話題にしては笑った。夏休みにマッキーと四組の迫内《さこうち》がつきあいはじめたとか、迫内というのはスキンヘッドの軽音部で強面《こわもて》を売りにしているが実は目の印象がしょぼいのを本人は気にしていてでかけるときはサングラスが必須《ひっす》だとか、マッキーはつきあいはじめるまで迫内の素顔を知らなかったらしいとか。たぶんもう行くことはない学校のことが特に話題になった。なんでもない、どうでもいい話ばかりだった。現実の問題を考えないように逃げていたのかもしれないけれど、別に逃げてもいいと思った。現実なんてくそ食らえ。二人でずっとこんなふうに不安定な場所をふらふらしながら歩いていたっていい。

「寒いねえ」

「寒い。死ぬう」

「死ぬなあ。生きろお」

そんなくだらない会話も妙におかしくて笑いあった。

「なんでわたしたち、こんなとこ歩いてんだろ？」

「さー」

「歩きにくいよね」

「歩きにくいね。寒いしね。馬鹿だからかもね」

「あー、馬鹿だからか。頭いいねえ、春川」

「だてに高校四年生じゃないですよ」

子供の頃、歩道の段差とか植え込みの端とか、とにかく細くて高いところを見つけてはのぼって両手でバランスを取って歩いたのと似たような衝動かもしれない。寒い中二人とも薄着で、こんな不安定な場所を意味もなく歩いて、意味もなく笑ってはしゃいで、今このときのことだけを考えている。

お互いの手の感触だけが唯一の強固な繋がりだった。他には何もいらなかった。どこまでもこうやって歩いていたかった。

でも、テトラポッドの道はいつか終わる。

防波堤に沿ってずっとずっと歩いていくとやがてテトラポッドの帯が途切れて、そこから先は吸い込まれそうな黒い東京湾がどこまでも広がっていた。テトラポッドに寄せる波がランダムに跳ね返る。黒い海に時折り白い潮が跳ねる。

片手をかざして海を見晴るかす仕草をして、春川が言った。

「ほんとに海の向こうに行けたらいいなって思ったけど、金もないしやっぱり無理だなあ。ていうかこの海の対岸って有明とかじゃね。思いっきり日本じゃん。ていうかまだ東京すらでてない。笑える」

ツボに入ったように一人で笑う春川の横顔に有海は少し不安な視線を向ける。このままひょいっと、躊躇《ちゅうちょ》なしに本当に海に飛び込んでしまいそうな気がして怖くなる。

「わたしも行くよ。置いてかないでよ……」

呟いた自分の声がひどくか細く弱々しかった。自分はこんなに弱かっただろうかと自分で驚くほどに。

「置いてかないよ」

春川がこっちを振り返って笑顔を見せた。それから「よっ」と、軽く反動をつけてテトラポッドのてっぺんから防波堤によじ登り、下で待つ有海に手を貸して引っ張りあげた。助けを借りて有海は防波堤の上に膝《ひざ》をついてよじ登り、脇を抱えられて立ちあがった。

そのまま春川が有海の背中で両手を組んで、有海の肩に顎《あご》を乗せる。

「一緒に住もうか」

耳もとで心地よい声が囁いた。頷いて有海も春川の背中に腕をまわした。胸に耳をつけると心臓の音が聞こえる。冷えた身体をお互いの体温で暖めながら、二人でようやく一人ぶんになったみたいな気がした。春川の存在だけが今ここにあるたった一つの確かなもので、今も未来もわからなかったけれど、それでもかまわなかった。

5．落下するベランダでふたりは。

がたんごとん。がたんごとん。

小刻みな揺れを身体《からだ》に感じて目が覚めた。

埃《ほこり》っぽい布団の中だった。カーテンのない窓からすでにだいぶ高く昇った陽光が鈍く射して、黄色っぽい塵《ちり》のカーテンを中空に織りなしている。十一階の春川《はるかわ》のフラットだろうかと一瞬思ったが、電車の揺れと騒音が部屋まで届くのが妙だった。

布団の中でもぞりと身じろぎをする。首の下に誰かの腕があり、視界の先に誰かの手が横たわっていた。肉づきが薄くて硬い腕は腕枕としては寝心地がよくなく減点だ。横になったまましばらくぼんやりとその手を眺めていると、軽く握った指の先がぴくりと動いた。

有海《うみ》は頭をもたげて背後を振り返った。隣で寝ていた春川が薄く目をあけ、

「痛《い》てて……」

顔をしかめて掠《かす》れた声でぼやいた。

「腕、痺《しび》れた……」

有海が身体を起こして下敷きにしていた腕の上からどくと、春川はぎこちなく腕を曲げて引き寄せ、すっかりはだけていた掛け布団をずるずると引っ張って頭まで被《かぶ》った。まだ

寝る気らしい。相変わらずの寝起きの悪さ。

　敷き布団にあたっていた背中がすっかり凝《こ》っていた。だいぶぺたんこになった一式の布団に二人で身を寄せて眠っていた。目が覚めてきて、今いる場所を思いだす。

　埠頭《ふとう》公園をでたあと、ホテルなんかに泊まるほど財布に余裕はなかったので、潜り込んだのは前に航兄《こうにい》とも一緒に来た、トラック通りと貨物線路に挟まれた埋立地区のあのアパート。春川が小さい頃に住んでいたという家——間違い電話の留守メッセージの男の子は、やはりどうやら本当に春川だったのだ。不思議な間違い電話のことは結局まだ春川には言っていないけれど。

　わずかな家財道具が取り残された1DKのアパートの押し入れに、すっかり埃と湿気が浸みた布団が一式残っていた。玄関の心ばかりの靴脱ぎ場に二人の靴が脱ぎ散らかされている。平日はコンテナ埠頭を行き来するトラックと貨物列車の両側からの攻撃で断続的にひどい揺れと騒音に見舞われた。近所づきあいというものが稀薄《きはく》な東京という街では隣人間が立ち退こうが引っ越してこようが取りたてて挨拶《あいさつ》を交わすわけでもないので、隣の部屋に不法侵入の住人が入り込んでいても気にされることはない。

　さらに三十分くらい死んだように眠っていたあと春川もようやく起きだして、二人の新生活ははじまった。

　幸いなことに電気と水道は使用可能だった。ガスはとまっていたが、一階の集合ガスメーターの元栓を春川が勝手にあけて使えるようにした。ガス会社の検針員が巡回に来るまで当面はこれで不自由なく生活できるだろう。それでも最高に幸運な場合で一ヵ月というところだろうが、一ヵ月先のことなんて当然のように二人とも考えていなかった。

二人で手持ちの残金を確認した。有海は航兄にもらったタクシー代の残りがあったので、自分の財布の残金とあわせて一万円程度。春川はポケットの財布に五千円くらい。二人で一万五千円。甘いと言えば甘いのだが、十九歳と十七歳の二人にしてみれば十分余裕で暮らしていけそうな気がする額だった。

「とりあえず買い物に行こう」

と、二人で手を繫《つな》いで埋立地区の入り口にあるスーパーマーケットやらDIYショップやらの大型店が軒を連ねるショッピングモールへでかけた。

平日の昼さがりから仲良く手を繫いでカートを押して思いついたものをぽんぽんとカゴに入れて歩く高校の制服姿の二人は、傍《はた》から見てあきらかに学校をサボって遊んでいる未成年だった（実際そのとおりだけど）。春川がカートの後部に足を乗せて商品の棚の隙間《すきま》を勢いよく滑る。お客さま危険ですのでおやめくださいとエプロン姿の店員に注意される。無人のカートを店員に向かって滑らせ、二人で笑いながら逃げる。

最低限の生活必需品といっても数えあげてみたらけっこうあった。石鹼《せっけん》やシャンプーや歯ブラシやタオル、少々の着替え、鍋《なべ》を一つ（これでなんでも作るつもりだ）。これだけで手持ちの残金は三分の一くらいになった。ついでに春川が帰りにショッピングモールの中のゲーセンで五百円使ってUFOキャッチャーをやった。春川のウォレットチェーンにぶらさがっているマスコットに、サルに続いてくたっとした感じのショッキングピンクのウサギが仲間入りした。春川は根本的に節約とか計画的な支出とかいう概念と縁がない。

それからターンカラー剤を買ってきて、家に帰ってからお風呂《ふろ》場で春川の目立つ色の髪を黒に染めた。なんたって春川はケーサツに目をつけられている容疑者というやつなので。黒髪になると紫外線に焼けていない春川の白い肌の色が際立って、逆に日本人っぽくない異国的な感じがして不思議だった。これに安物のサングラスをかければ有海が見ても一瞬別人かと思ってしまう。「おお、かっこいい。まるで悪い奴のようだ」と春川は鏡に映る自分を見てはしゃいでいた。だから実際に悪い奴なんだって。

その日は買ってきた鍋に安い野菜を放り込んで鍋パーティーをした。カーテンがないので夜はなるべく電気をつけずに、豆電球の小さな灯《あか》りだけで過ごした。一つの布団に二人で潜り込み、顔を寄せあって夜遅くまでひそひそと話をしたり笑ったり、まるで中学時代の修学旅行みたいに。

それはあまりにも刹那《せつな》的な幸福で、けれどかけがえのないものだった。一日一日、一秒一秒にわくわくして、どきどきした。いつかは途切れるテトラポッドのでこぼこ道を一歩一歩跳びはねて歩く感覚に近かった。

一万五千円程度の生活費は、特に節約を心がけていたわけでもなく二人ともそういう才能も知恵もなかったので、当然ながらあっという間に底をついた。

「ふおー」

店内を満たす騒音に有海は思わず両手で耳を塞いだ。耳を塞《ふさ》いでいてもこもった騒音が頭の芯にじんじん響いて気が変になりそうだ。

各々の筐体《きょうたい》が各々に乱雑に掻《か》き鳴らす電子音。意味をなしていない店内のBGM。コインや鉛玉がじゃらじゃらと金属音を打ち鳴らす。『三八七番台三八七番台、フィーバー入りましたあ』店内アナウンスのがなり声がそれらに掻き消される。煙草《たばこ》の煙とヤニ臭さが充満し、蛍光灯に照らされる店内の空気は濃く曇っている。騒音と空気の悪さにあっという間に頭がくらくらしてきた。

その店はショッピングモールの一角にあった。平日の昼間だというのに客層は働いていてもおかしくない年代の男性が中心。気後れして入り口に立ち尽くしていると、

「こっち」

と春川が手を引いた。アニメのキャラクターがけっこう使われていたりするパチンコ台の列を抜け、パチスロ台が並ぶ列へと。狭い通路で背中あわせに各々の筐体に向かって座り、まわりを見ることもなく自分の台に集中している人々のあいだを抜ける。

あいている台を春川がいくつか物色し、二台並んであいているところを見つけて座った。浅い背もたれがついただけの丸椅子は長時間座っているのに向いているとはお世辞にも言えないが、世の中にはほとんど一日中ここで過ごす人もいるらしい。

筐体の脇のコイン貸出機に春川が千円札を滑り込ませると、銀色のコインがじゃらじゃらと流れでてきた。実は最後の二枚の千円札なのだった。これをスってしまうとあとはジュース代くらいしか残らない。

「コイン入れて」

「え？」

すぐ隣に座っていても顔を寄せて大声で言ってもらわないと聞こえない。

「コイン入れて、レバー倒して、そこの三つのボタンを押す。絵を揃える。それだけ」

説明したきり春川は前を向いて自分の台に没頭してしまった。有海もとりあえず教えられたとおりにレバーとボタンを操作してみる。ようするに横か斜めに同じ絵柄を揃えればいいわけだ、という程度のことは知っている。

しかしコインを入れてレバーを倒してボタンを三つ押すというだけの行為を延々繰り返すのは正直退屈だった。これに一日中夢中になれる人の心理がわからない。

少しもたたずに飽きてきた頃、

「あっ」

と有海は声をあげて台にかじりついた。春川の袖《そで》を引き、

「春川、春川！　揃った！」

「まじで？　はやっ」

春川が身体を傾けて覗《のぞ》き込んでくる。

「みかんが三つ並んだ！」

興奮して報告した途端、春川はあからさまにかくっと肩を落とした。

「それくらいはよくあるから。ボーナスでないと意味ないから」

「そうなの？」

「なの」

素っ気なく斬って捨てたきり春川は再び自分の台に向きなおってしまう。有海もがっかりして操作を再開した。

そのあとしばらく、さくらんぼやらベルマークやらがしばしば揃ってちまちまとコインが増えることはあるものの、春川が言うボーナスというのはまったく起こらず徐々にコインは減っていった。有海はすっかり飽きてきていた。騒音で聴覚が麻痺《まひ》してなんだか頭がぼうっとする。もしかしたらパチンコ屋の空気には麻薬効果に似た何かがあって、だからこんなに退屈なものにこんなに人が群がるのかもしれない。春川もまた缶コーヒーと煙草に交互に口をつけつつぐるぐるまわる画面を睨《にら》んでいるだけで微動だにする気配がない。

男子というのはときに妙なところで集中力を発揮するんだよなあと呆《あき》れる。

有海もまた筐体に向きなおったが、ぐるぐるまわる絵の残像を視線で追っているうちに目眩《めまい》がしてきた。

「おい」

春川の声が騒音の壁の向こうで遠く聞こえた。

「おいってば」

再び聞こえた声とともに手首を摑《つか》まれた。びっくりして思わずぴょこんと姿勢を正しつつふわふわしていた意識を戻すと、春川が身を乗りだして有海の台を覗き込んでいる。

「入ってる。入ってる」

興奮に目をきらきらさせて春川。といっても有海には意味がわからなかった。

「は、入ってるって何？」

「いいから、目押しで7揃えて」

「目押し？」

意味不明の単語ばかり並べられておうむ返しに訊《き》き返すだけの有海。じれったそうに春川が有海の手を上から握り、有海の横からぐるぐるまわる絵を見つめる。黒く染めた髪が軽く有海の髪に触れて絡《から》まる。二人羽織りみたいに春川の手に操《あやつ》られるまま有海の指が左から順にボタンを押していく。目の前で起こっていることよりも、握られた手の感触と顔の近さが気になって背筋をむずむずした感じが駆け抜けた。騒音で心臓の鼓動がおかしくなっていたせいかもしれないがなんだか変にどきどきした。

一番左の列の中央に〝7〟がとまる。

真ん中の列にも〝7〟。

そして一番右の列――とまった絵柄は〝7〟。

途端、筐体の周囲の電飾がきらきらと点灯し、ファンファーレみたいな派手な電子音が鳴りはじめた。春川が有海の首を抱き寄せて何か言っているがよく聞こえない。とにかくびっくりして状況を把握できないでいるうちに、それ以降適当にボタンを押しても簡単に絵柄が揃い続け、有海の台のコインの受け皿は見る間にどっしりと重くなっていった。まるでテーマパークのパレードの真ん中に放り込まれたような混乱と大騒ぎは、電飾がきらきらしているあいだしばらく続いた。

金色の奇妙な勲章みたいなものが収められたプラスチックケースを大量にもらい、店の斜め向かいの看板のない怪しげな窓口で交換すると（窓口にはブラインドが降りていて、引きだしにプラスチックケースを入れて押し込むと少ししてからお金が入った引きだしが戻ってきた。窓口の向こうにいるのが人間じゃなくて宇宙人とかだったとしても不思議はない）、三万円ちょっとの現金になった。二人のハッピーな金銭感覚では一生暮らしていけそうな気もする大金だ。ちなみに春川はこのプラスチックケースをもらうとき、端数で自分の煙草と、有海にチョコレートをもらってくれた。

「ビギナーズラック、すげー。サイコー」

帰り道、有海の手を握って自分のワークパンツのポケットに一緒に突っ込んで歩く春川は機嫌がよかった。有海のほうは騒音と空気の悪さとぐるぐるきらきらにあてられて胃の中が浮いたような感じでぼうっとし、少し心許《こころもと》ない足取りで春川の隣を歩いていた。鼓膜《こまく》がわんわんしてまだ店内にいるような感覚だった。

「お金持ちだね」

「裕福裕福」

実際は三万円程度の現金なのだが億万長者にでもなったみたいに二人で悪役っぽくにやにや笑う（金持ちというのは二人の感覚では必ず悪役なのだ）。

「夜、なんかいいもん食いにいく？」

「ラーメン」

「いいよ。チャーシューと餃子《ギョーザ》もつけよう」

「フルコースだね」

「うむ、遠慮するな。俺のおごりだ」

「わたしが稼いだのだよ」

気がゆるむ会話をしながらアパートに向かって歩く。こんな感じでいつまでも暮らしていけるんじゃないかと、漠然《ばくぜん》とそんな気さえした。一日二食、簡単に食べるには十分だ(二人とも起きるのがたいてい昼なので一日二食なのだった)。十一階のフラットでの夏休みの暮らしと何も変わらない。変わるところといえば布団が一つしかなくてちょっと背中が痛いことくらい。

「そうだ、春川。欲しいものがある」

ショッピングモールのはずれでとある店の前を通ったとき、有海はふと思いついて春川を振り仰いだ。

「何?」

「寄り道してもいい?」

「いいけど」

春川を引っ張って、ごてごてした電飾に彩られたサルのキャラクターが看板になっているその店に入った。

ジャンルを問わずありとあらゆるものが無節操に売られている店だった。ザルやらたらいやらの日用品から飲料から大工道具から、ベビーカーからペット用品からパーティー用品からどういう状況で使うのやら疑問なナースやメイドの衣装から。玩具箱《おもちゃ》をひっくり返したみたいに雑多なものが棚から溢《あふ》れ返っている。左右の棚だけでなく天井からも商品が吊《つ》りさがり、なんだかチーズの穴の迷路に潜り込んだネズミの気分になれる。ついでに店内を満たすのはパチンコ屋に負けず劣らずのがちゃがちゃしたBGMと店内アナウンス。

九月も下旬になり季節をはずれていたので、雑多な商品群から目的のものを探すのにだいぶ苦労した。それでも店の目立たない場所にかろうじて売れ残っていたのを見つけることができ、意気揚々と有海はそれを手に取った。

「それが欲しかったの？　もっと高いもんかと思った」

拍子抜けしたように春川が言ったが有海は上機嫌だった。

円筒形の透明なビニールバッグにいろんな種類の花火が詰まった花火セットだった。季節はずれの処分品価格でお買い得だ。

「あそこでやりたいんだよ、あの埠頭《ふとう》。はじめて会ったとき、春川、あそこで小学生と花火やってたでしょ」

「あー」そういえば、みたいな顔で春川が頷《うなず》く。

七月はじめのあの夕方、はじめて行った埠頭公園で子供たちに混じって花火をやっていた春川。あれが出会いだった。有海の携帯電話に間違い電話があったこと、それがきっかけで埋立地区のアパートに行ってみたこと、埠頭で春川と出会ったこと、今こうして春川と一緒にいること。すべてはあの不思議な間違い電話の力で繋《つな》がっていたのかも。なんて考えるのはなんだかロマンチックすぎて恥ずかしいから、春川には教えないけど。

「あそこで二人で花火やりたい」

期待に目を輝かせて春川を見あげると、春川は軽く肩をすくめる仕草をして、

「線香花火、入ってる？」

「んー。入ってるよ」

ビニールバッグを透かしてひょろっとしたピンク色の線香花火の束を見つけ、有海は答える。前にも思ったけどどれだけ好きなんだ、線香花火。

「よっし」

春川の腕が首に巻きついて抱き寄せられた。こつんと頭がぶつかりあう。

「じゃあ明日やろう」

「うん！」

値さげ価格でたった五百円の花火バッグを宝物みたいに抱きしめて、大きなマスクで顔を覆った愛想《あいそう》の悪い店員が立っているレジに向かった。

花火バッグをぶらさげてアパートに帰るあいだ、明日の花火のことを考えて心がはずんだ。

不安なんて何もなかった。世界に自分と春川しかいなくても別にいい。明日地球に隕石《いんせき》が衝突して世界中の人類が滅んで二人きりになったって困ることは何もないような気がした。社会から切り離された生活がそう長く続くはずはなく、あとになって考えてみればあ

まりにも子供だったのだけど、そのときは怖いものなんて何もなくて、無敵になった気分だった。

＊

一人二五万、二人で五十万というのが提示された条件だった。

「住むところの世話、身分証の偽造、必要なら仕事の斡旋《あっせん》、その他雑費でこれだけ。博多までの切符は自分で手配しろな。俺も一時期世話になってたし親身になってくれる。その気があれば国外脱出の世話もしてくれるから、着いたら相談してみろよ。偽造パスポートとかでまた別に金はかかるけど。たぶん東南アジア経由で希望の国に渡ることになる」

とレジの店員は説明した。提示された金額は良心的で法外に高いということもない（そもそもやろうとしていることが法外なわけではあるが）。

夕方早い時間、店内はすいている時間だが雑多な売り物の群れで相変わらずがちゃついていて、客もいないのに店の宣伝テーマ曲が大音量で繰り返されていた。耳にこびりついて夢にまででてきそうだ。

レジ前にすらこまごました売り物が積みあげられ、その売り物の壁の向こうに店のロゴがプリントされたエプロン姿の店員が立っている。土色と言えるほどに血色が悪く、頬は瘦《こ》け、顔を覆う大判のマスクを顎《あご》にずらして口を開くとドラッグでぼろぼろになった黄ばんだ前歯が覗く。両目だけが常に人の視線を窺《うかが》うようにせわしなく動いている。

周囲に他の客の姿はなかった。レジ前の段ボールケースに刺さった変な形のライターを選ぶふりをしながら春川は問う。

「それ、先輩の取り分も入れて？」

「仲介料《ちゆうかい》はいいよ、俺の個人的なお節介だ。春川お前、なんかやばいことになってんだろ。教師刺したって？」

「うん。まあ」

女の裸体の股間のところを開くと火がつくとかいう卑猥《ひわい》なギミックのライターもあった。ケースに戻して他のを物色する。

「お前、中学んときからバカだとは思ってたけど高校行ってもっとバカになったのなあ」

「先輩みたいにクスリで脳みそ溶けてはいないっすよ」

ぼろぼろの前歯を見せて店員は笑った。

「お前もやるか？　安く譲るよ」

「そっちは遠慮します」

「そっか。まあやんねえほうがいいよ」

短いやりとりだけで強く勧めてはこなかった。

中学時代によくしてもらっていた一学年上の不良仲間だった。卒業してからつきあいはなかったが、いろいろと裏の人脈を持っている人なので何かあったときにと居場所だけは知っていた。本当にその人脈をあてにする日が来るとはいくらなんでも考えていなかったが。

「ねえ先輩、ちゃんと働こうとか考えたことある？」

「働いてるじゃん、俺」店のエプロンを軽く持ちあげて不満げに。

「でもあんたクスリ売ってるじゃん」

と突っ込むと店員は引っかかるような笑い声を漏らしただけで言い返さなかった。笑った拍子に不揃いの前歯が覗《のぞ》いた。

「お前、ちゃんと働こうと考えてるのか？」

「……わかんない」

頭の部分に安っぽいプラスチックのペンギンがついたライターを何気なく手に取る。ペンギンが口をあけると火がつくというギミックだった。有海に見せたらかわいいとか言って喜びそうだ。

「二人って、昨日一緒に来た女の子だろ？　一緒に連れてくのか？」

「んー……決めてない」

「お前、その子の将来面倒みれんの？　他人と一生一緒にいるのって簡単じゃねえぞ」

「わかってるよ。考えてるよ。考えようとしてるよ」

知らない土地に行ったら一からやりなおせるだろうかと、少しだけ考えてみた。どっちにしても学校に行くことはもうないので働いて稼いで、普通にささやかな生活して……どうも自分がそんな地道な生活をしているところが想像できないので具体性を帯びないまま思考は停止してしまう。自慢ではないが仕事が長続きする自信はまったくない。

しかし当然いつまでもパチスロで生活はできないし、あのアパートに隠れ住むにも限界がある。嫌でも次の行動を考えないといけない時期だった。

彼女をどうするのかを含めて。

「明日また連絡します」

一度は箱に戻したペンギンをもう一度引き抜いて、百円玉を店員に放った。

ペンギンのライターを買って店をでたのが夕方四時半過ぎ。そこから私鉄とJRを乗り継いで、夜の早い時間には目的の駅に着いた。東口側の賑《にぎ》やかな繁華街に精気を吸い取られたように相変わらず西口側は閑散としている。

ロータリーの電話ボックスのガラス壁に寄りかかり、煙草に火をつけてぼんやりとしばらく待った。九月下旬、陽《ひ》が落ちるとだいぶ空気が冷え込むようになり、Tシャツに薄手のシャツをはおっただけの格好では肌寒い。ポケットに手を入れ、ペンギンのライターの感触を何気なく確認する。

足もとに吸い殻がいくつか溜まった頃、身体にフィットするオフホワイトのタイトスカートを穿《は》いた女の脚が目の前に立った。嗅覚《きゅうかく》にまとわりつくようなブランド物の香水とメントールの煙草の臭いは昔から変わらない。顔を見る前に左手の薬指にはまった華奢《きゃしゃ》な指輪が目についた。小さな青い宝石が光っている。前回会ったときは違う指輪だったような気がするが、また相手が変わったのだろうか。

最後にようやく目をあげると、隙《すき》のないメイクをしたきつい顔立ちの女がこっちを睨んで立っていた。子供の頃母親にときどき言われたとおり自分は父親似であるらしく、そこそこ美人だが険《けん》のある感じの母親の顔とは似ていない。妊娠がわかったあと結婚する前に逃げたという父親は気はいいがろくでなしだったらしく、母親の口からその男に関するいい思い出を聞いたことは一度もなかった。父親に似てくると言われては母親が自分を見る目は日に日に憎悪に歪《ゆが》んでいった。彼女のわりあい華やかな人生の中で、ろくでなしの子供をうっかり一匹産んでしまったことは最大の汚点だった。

目があうなり真っ赤な口紅を厚く引いた母親の口もとが歪んだ。ちなみにこの時間帯が彼女のいつもの出勤時間だ。

「あんたって子はっ……」

硬い革製のハンドバッグでいきなり引っぱたかれた。金属の留め金が引っかかって頬が軽く切れた。

「警察が来たわよ！　金は渡すからわたしの生活に関わらないでって言ったのに、冗談じゃないわよ！　あてつけなの？　わたしへのあてつけなの？」

声量は抑えているがヒステリックな声が突き刺さる。頬を押さえて視線をあげると、十九年前に目の前の人間を産んだ人間とは、曲がりなりにも母親という、男には決して得られない称号を持つ人間とは思えない憎々しげに歪んだ顔がそこにある。

「なんの用で来たのよ。警察にはあんたの居場所なんて知らないって言ったわよ？」

「お願いがあって」

敵意をスルーして新しい煙草に火をつける。煙を吸い込むと痛みは消えた。頬の痛みも、心に刺さった杭の痛みも。

「百万ばかり都合してくんない？」

煙を吐くのと同じ感覚でさらっと言った。

母親が絶句した。対する自分の頬には笑みすら浮かんでいた。一万円ちょうだいくらいの言い方であっさりと百万。なんとなく爽快《そうかい》な気分になる。

「そうしたらもう、二度とあんたの前には現れない」

しばらく沈黙が降りた。電話ボックスの周囲を照らす水銀灯に羽虫がぶつかってじりじりと音を立てる。険のある表情でこっちを睨《にら》む母親の顔がくわえ煙草の煙で霞《かす》む。

少しして、視線を斜めに逸《そ》らして母親がぼそりと言った。左手の薬指の指輪に大事そうに右手を添えて。

「……わたし、今つきあってる人がいるのよ。今度こそ幸せな結婚ができると思う」

「そう。おめでとう」

今までに何度同じ台詞《せりふ》を聞いたかわからない。それでも一応祝う言葉を言った。思えば彼女は少し派手ではあるものの幸せな結婚をしたかっただけの普通の女性で、そのためには半年つきあっただけで別れた男の子供の存在が産まれてきたときから障害だった。悪いのは警察沙汰になるような事件を起こして彼女の人生を台無しにしようとしているろくでなしの息子のほうで、彼女は何も悪くないのだろう。

「百万でいいのね」

「うん。それでもう消える。あんたの子供はいなくなる」

「……明日来て。同じ時間に」

それだけ言って、彼女は最後にこっちの顔を見ることもなく脇をすり抜け、ハイヒールの靴音を残して駅の階段へと消えていった。

煙草を一本吸い終わるまで時間を潰してから、母親が消えていった駅の階段へと足を向けた。しかしすぐには改札を通らず東口の繁華街に降りて街中をぶらついた。まだ早い時間なので千鳥足《ちどりあし》でご機嫌に騒いでいる酔っぱらいの集団などの姿はなく、目的を持って足早に往来する人込みの中を自分だけが目的もなくぶらぶらと歩く。追い越していくサラリーマンと何度か肩が触れて邪魔そうな顔をされた。

きらびやかな光が漏れる電気屋の店頭のテレビにふと注意を引かれて足をとめた。店頭に六つも八つも並んだテレビのすべての画面に同じニュース番組が映っていて、表情の薄いキャスターの顔がクローン人間みたいにずらりと並んでいる。

『……肩など十数箇所を刺された三島南高等学校の教員、依田正《よだただし》さんは現在も意識不明の重体です。警察は容疑者である十九歳の男子高校生の行方を追っています。また男子高校生と交際があったという十七歳の女子高校生が巻き込まれている可能性があり、警察は同じく行方不明の女子高校生の身柄を保護するとともに事情を……』

ボリュームを抑えたテレビの中でクローンキャスターたちが抑揚《よくよう》のない声で同時に同じ言葉を喋《しゃべ》りたてている。

自転車のベルを鳴らして二人組の警官が通った。一瞬びくりと身体が反応して凍りつく。目があったような気がしたが気のせいだったのか、警官は特に何かに不審を持ったふうもなくときどきベルを鳴らしながらすれ違っていった。

黒髪にしたことでよほど印象が違うのだろうか。ほっとしたような逆のような……見つけてくれたらそれはそれでいいような気もしていたので。

もしさっき、母親に自首を勧められたら、もしかしたらそうしたかもしれなかった。結局息子に金を渡すことしか思いつかなかった彼女はたぶん可哀想な人なのだろう。

（疲れてきたのかなー……）

残業続きのサラリーマンがふと帰り道でついてしまうみたいな溜《た》め息が漏れる。身体がというのではなくて考えることになんとなく疲れた。今から五十歩以内に交番を見かけたら衝動的にふらっと入っていって今ニュースでやっていた十九歳男子高校生は自分ですこんにちはと名乗ってしまいそうだ。

しかしアパートで待っているであろう〝十七歳女子高校生〟のことを考えて躊躇《ちゅうちょ》する。今の生活になんの不安もないみたいにいつも楽しそうにしている、あの笑顔を奪ってしまうことこそが傷害とか殺人とかよりもよっぽど終身刑か死刑レベルの重罪のような気がした。

それでもどう考えても今の逃亡生活はずっとは続かない。

彼女の人生を巻き込んではいけないのだろうか。取り返しのつかないことになる前にもとの生活に帰したほうがいいんだろうか。だとしたら、逃げるよりも自首してどっかに放り込まれたほうがむしろこれから先も彼女と会うことができる可能性が高いんだろうか。

ここ何日も同じことをぐるぐると考えている。それこそなかなか揃わないスロットみたいに。

誰かのことでこんなに真剣に悩むような頭が自分にまだあったとは。そんな感情なんて小学生の頃にとっくに麻痺《まひ》してしまったと思っていたのに。

百万をどう使うか、あるいは本当に使うかどうかは、まだ決めていない。

＊

小学校六年生まで、春川真洋《まひろ》という男の子はこのアパートに住んでいたという。名前をつけたのは当時母親とつきあっていた男だったが、それが新生児の父親だったのかすら春川本人にはわからないらしい。母親の恋人は次々に変わった。小学生の春川少年を息子のようにかわいがる男もいたが、そうじゃない男もいた。そういう男は母親がいないときには少年を殴ったり外に放りだしたり、あるいは母親がいる目の前でおかまいなしに少年を殴る男もいた。母親はとめなかったのだろうか。それは聞いていない。

すでにすっかり陽が暮れて、天井の豆電球と間続きのダイニングキッチンの電気だけががらんとした1DKを照らしていた。昨日買った花火セットのビニールバッグと、今日ショッピングモールの百円ショップで見つけたプラスチックのバケツが玄関先で退屈そうに待ちぼうけしている。

（春川、遅い……）

花火とバケツと一緒になって、有海も玄関先に体育座りして待ちぼうけしていた。時間はすでに夜九時をまわっている。制服のスカートの裾《すそ》を抱えて、靴脱ぎ場に脱ぎ散らかしてあるローファーを蹴とばした。ローファーが軽く跳ねてひっくり返った。靴はこれしか持っていないので、有海はここに来てからもタータンチェックの制服のスカートにエンジのハイソックスにローファーという格好ででかけている（私服にローファーというのは恐ろしくバランスが悪いのだ）。

（楽しみにしてたのに、なあ……）

硬い床に長いこと体育座りしていたらお尻《しり》が痛くなってきたので、膝を立てたままぱたんと仰向《あおむ》けに廊下に倒れてみた。薄灯《うすあか》りに包まれた部屋の風景が視界に逆さまに映る。部屋の隅の壁に小さな黒い穴をあけているモジュラージャックが見えた。もちろん今はあのモジュラージャックに電話機は繋《つな》がっておらず、かわりに油っこい埃《ほこり》が溜まっている。

春川母子が住んでいた頃、まだ電話が繋がっていたときの風景を想像してみる。頭に浮かんだのは今どきたぶんどこの家庭でも使われていないダイヤル式の古めかしい黒電話だった。しかしがらんとして荒《すさ》んだ感じの部屋の風景にその電話は妙に馴染《なじ》んで見えた。

想像で作った小学生の春川少年をその風景の中に置いてみる。わずかに癖を帯びた色素の薄いやわらかい髪、女の子みたいな少しかわいらしい顔立ちの、色白で痩《や》せた少年。深夜、母親が帰ってこない部屋で、電話機の前に正座して受話器を手に取る。

少年は何を思ってあの電話から決してでてくれない母親の携帯電話の番号をダイヤルしていたのだろうか。母親からの連絡を待って、鳴らない電話の前に何時間も座っていたりしたのだろうか。小さい頃、電話の音がひどく怖かった有海とは逆に、少年は鳴らない電話が鳴ることを心待ちにしていたのだろうか。メントールの煙草の臭いが嫌いで嫌いで仕方がなかった有海とは逆に、その煙草を吸う母親の帰りを少年は一人でずっと待っていたのだろうか。電話と煙草はまったく逆の意味で、子供の頃の有海と春川にとってキーになるものだった。

電話の音とメントールの煙草。有海にとっても記憶の底に押しつけられた吸い殻みたいに黒い焦げ跡になってこびりついている。

こうして一人で待っていると、消しとめた記憶が再びくすぶって火種になりそうで落ち着かない気分になった。

「……ル、ルルラ、ルルラ、ルル……」

気持ちを切り替えようと口ずさんだ鼻歌がなんだったかすぐには思いだせなかった。少し考えてから、着メロに使っている〝ＮＩＫＩＴＡ《ニキータ》〟の新曲のＢメロ部分だったと思いだす。もう新曲というほど新しくもないが。

ひっくり返ったままキッチンのほうに視線を巡らす。ガスコンロに安物の鍋が一つ、それにまな板と果物用の小振りのナイフ。台所用品といえばこれだけで、食器に関してはコンビニでもらう割り箸や総菜の空容器が役立っている。二人でいると簡単に鍋《なべ》や焼きソバを作ることもあったが、春川がいないときは有海はたいてい食べるのを忘れた。

まな板の上に放置してある果物ナイフに目が行く。

あれくらいのナイフでも人を殺せるだろうか——ふとそんな考えが浮かんだ。

やりかけにしたジグソーパズルみたいに頭の中に散らかっている一枚の記憶。あの日、廊下で電話が鳴り続く中、小学校二年生の有海はお母さんがキッチンで使っていたナイフを手に取って、上着の下に隠し持った。

疑問が浮かぶ。

わたしはどうしてナイフを持ったのか？

そして、わたしは結局あのナイフをどうしたのだろう？

ひとたび疑問に感じると、〝NIKITA〟のBメロに乗って頭の中でその考えばかりがぐるぐるとまわりはじめる。

傍らに放りだしてあったスクールバッグを摑んで引き寄せた。入っている荷物は春川が停学になると聞いたあの日のまま。プリクラをべたべた貼った手帳、手鏡や簡単な化粧品、ふで箱、マッキーに返そうと思っていたコミックスが一冊（結局返しそびれたままだ）。教科書はだいたい学校に置きっぱなしになっているので勉強関係のものはあまりない。そして表側のポケットからビーズのストラップがじゃらじゃらぶらさがった携帯電話が覗いている。携帯の電源は切っていた。

お腹の上にカバンを載せたまま、フリップをあけて電源ボタンを押す。軽快な電子音と〝Ｈｅｌｌｏ〟の文字のあと、久しぶりに見る待ち受け画面が現れる。電波が立つとメールと留守メッセージのアイコンが灯《とも》った。チサコやマッキーが捜しているのかもしれない。メールを見るのはあとにして、発信履歴の中からメモリに登録されていない裸の番号を探した。廊下に寝転がったまま発信ボタンを押す。

電話を握った右手が少し緊張していた。

『……は現在使われておりません。おかけになった番号は現在使われておりません。おかけになった番号は現ざ……りマセ……ジ……ジジジ……ジ…………ザ――……』

久しぶりに聞く奇妙な電話の繋がり方。

『ザ――…………ジ、ジジジ……ルルルル……プルルルルルル……』

平板な女性の声のメッセージのあと、水銀灯に羽虫が集まるようなノイズが入り、ノイズ混じりのこもった呼びだし音が鳴りはじめる。だいぶ長いこと呼びだし音が続いたあと、音が途切れた。

かすかなノイズの幕の向こうで通話相手の声が応じた。

『もしもし……中浦《なかうら》です』

前にかけたときと同じ、用心深そうな幼い女の子の声が父親の姓を名乗る。ずいぶんと暗い声だった。

「こんばんは、有海」

緊張で乾いた唇を引き剝《は》がして有海は電話に向かって話しかけた。

『誰……？』

「わたしのこと、覚えてる？」

『あっ……』一拍おいてから電話口の少女の声が少し明るくなり、『サンタさんのお手伝いさんのおねえちゃん』

「あたり。サンタクロースの助手です」

今、有海は思いだしていた。佐倉《さくら》の伯父さんの家に引き取られてから小学校六年生まで、有海がサンタクロースを信じていたのは自分のせいだ。だってわたし、サンタさんのお手伝いさんのおねえちゃんから電話もらったことあるもん！——サンタクロースなんていないんだぞと友だちにバカにされるたびに有海はムキになってそう言い返していた。

その後真実を知って幻想をぶち壊されたのは確か、小学校六年生のクリスマス・イブ、なんとかサンタクロースの姿を見ようと深夜まで頑張って起きていたときだ。有海の枕もとにプレゼントを置きにきた佐倉の伯父さんが暗闇で躓《つまず》いてプレゼントを落っことし、包装紙でくるまれたウシのぬいぐるみがひっくり返って「モー」と鳴いてしまった（ひっくり返してもとに戻すと音が鳴るという仕掛けが仕組まれたぬいぐるみだった）。努力虚しくうとうとと眠りかけていた有海はその鳴き声で意識を引き戻され、サンタクロースの真の姿をとうとう目撃してしまったのだった。そのときも有海はすぐには信じられずに、なんでサンタさんの真似をするのかと伯父さんを問い詰めたものだが。

そしてもう一つ、思いだしたことがある——。

何度唇を舐めてもすぐに乾いた。電話を握る手が痺れたように重い。

「……有海。今、お父さんとお母さんは？」

『おかあさんは、今日はおそいの。おとうさんは……お部屋にいる……』父親のことを話すとき、少女の声は再びひどく沈鬱《ちんうつ》になった。部屋というのはあるいは父親の自室ではなく娘の部屋を指しているのかもしれない。『おねえちゃん……』電話の向こうで小さくしゃくりあげながら呟《つぶや》く声が聞こえる。

『こんどのクリスマスまでがまんしたら、サンタさんはウミのお願いかなえてくれる？　おとうさんが、ウミの嫌なこととか痛いこと、しないようにしてくれる？　……おとうさんを、殺してくれる……？』

「クリスマスまで我慢することないよ、有海」

それに応じる自分の声は少女の声よりもさらに暗く陰湿に、アパートの埃と湿気を吸って電話の中に吸い込まれた。

「サンタクロースは、有海のお願いをすぐに叶《かな》えてあげる」

『本当？』

「うん。だからわたしが今から言うとおりにするんだよ。有海、できる？」

『うん、できるよ』

気合いを入れるように少女の声が力強く頷く。

軽く息を吸ってひと呼吸置いてから、有海は電話の向こうの少女に、慎重な声でひと言ひと言、嚙《か》んで含めるように話した。

「上着を着て。秋物の茶色の、ポケットがついてるやつを持ってるでしょ？　それを着て、おかあさんがいないときに台所に行くんだよ――」

＊

卵が先か鶏が先か、ということを言っていたのは誰だったっけ。

あの日、果たして有海がナイフを持ったのが先だったのか、ナイフを持つことを教えられたのが先だったのか、今となってはどうでもいい。いずれにしろ有海は有海の意思に従って動いて、確実に故意に父親を殺した。結果的に残った事実はそれだけだ。

事件の前日、サンタクロースの助手を名乗る人物からの二度目の電話を小学校二年生の有海は受け取った。季節はずれのサンタクロースの助手の指示に従って有海は行動を起こす。

上着を着て――。

電話の声が有海にそう言う。

有海はまだ季節には早い秋物の厚手の上着を着込んで部屋のドアの内側で息を潜める。廊下で電話が鳴っていた。電話は父親が帰ってくる合図だ。だいぶたってからお母さんが台所を離れて電話を取りにいく。部屋のドアをそっとあけ、廊下の様子を窺《うかが》いながら足音を忍ばせて台所に入る。お母さんが夕食の支度をするのに使っていた小振りのナイフが調理台のまな板の上に載っている。ナイフの刃がこちらに向けられ、少し暗くなった蛍光灯の下で濡《ぬ》れて光っている。

ナイフを取れ。ナイフを取れ――。

電話の声が脳裏で繰り返し囁《ささや》く。

有海は背伸びをして調理台に手を伸ばし、ナイフの柄を握る。金属製の柄がひやりと冷たく手のひらに吸いつく。着込んだ上着の内側にナイフを隠し、左手をポケットに入れて、ポケットの内側からナイフの柄を握る。

有海？

台所の戸口でお母さんと出くわした。ポケット越しに握ったナイフを取り落としそうになる。口角がさがったお母さんのへの字口が動く。

具合でも悪いの、家の中でそんなに厚着して。

なんでもない、と有海は答える。

早く立ち去れ。早く立ち去れ――。

脳内の声が急かす。

熱でもあるんじゃないの。顔が赤いわよ？

お母さんが有海のおでこに手を伸ばそうとする。

なんでもない、と有海は繰り返してあとずさる。

早く立ち去れ。ナイフを見つかっちゃいけない。早く立ち去れ――。

脳内の声が警告する。ナイフはどうしても見つかるわけにいかない。早く切りあげて立ち去らないといけないと焦る。ウミ、ドウシタノ。ウミ、ドウシタノ――お母さんのへの字口が分裂して周囲を取り巻き口々に言いはじめる。頭がぐるぐるして視界がちかちかして、喉《のど》の奥に酸っぱいものがこみあげてくる。

台所で鍋《なべ》がしゅうと噴きこぼれる音がして、お母さんの注意がそっちに移った。今だ。有海はすばやくお母さんの脇をすり抜けて自分の部屋に戻った。ドアの内側に張りついてほうっと息を抜く。うまくいった。

ナイフは上着の中に隠してひと晩持っておく。明日はずっと上着を着ていること。お母さんがでかけたらあいつが部屋に入ってくる。いつもどおりあいつが有海を抱きあげてべッドに連れていく。そのときを待て。
チャンスはそのとき——。

すべては自分自身が操った、計画的な殺人。

犯人は結局あきらかになることはなかった。殺人犯はその記憶を無意識のうちに心の底に封印し、本人を含めて誰にも真相を知られることはなかった。

しかしおそらく母親は薄々気がついていたのだろう。

お葬式が終わってしばらくあと、有海を置き去りにして母親は失踪《しっそう》し、中浦家は崩壊した。


インターホンが鳴った。

玄関先に寝転がっていた有海は我に返って跳ね起きた。ゆるく握っていた携帯電話が手の中から抜け落ちて床に転がった。玄関のドアを挟んで人の気配がする。

「春川、遅い」

何も疑わずに鍵《かぎ》をあけ、チェーンをはずしてドアをあけると、立っていたのはベージュの作業着を着た見知らぬ若い男だった。クレジットカードの無線精算機のような黒い機械を片手に持って被《かぶ》った帽子のつばを軽くあげ、

「夜分すいません。ガス会社の代理店の者ですけど、最近引っ越してこられました？」

突然の訪問者から突然の質問を受け、ドアノブを内側から握ったまま有海は真っ白になって固まってしまった。「あのう」と男が訝《いぶか》しげに顔を覗《のぞ》き込んでくるのではっとして、

「あ、う、はい。そです」

しどろもどろになりつつとにかく答える。

「まだ申し込みされてないみたいなんで、これに記入してこの封筒に入れて送っていただけますか。口座振替にされる場合はこっちの用紙も……」うんぬんと男は早口で説明し、やや投げやりっぽく書類一式を手渡した。「申し込みされないとガスとめますから、気をつけてください」最後に言い残し、未《いま》だ固まっている有海の顔をじろじろ見つつ帽子のつばを直して去っていった。仕事熱心なのか逆なのか、インターホンを鳴らしてからほんの十五秒程度しか玄関先にいなかった気がする。

突然の訪問者が一方的に説明して一方的に書類を押しつけて去ってから、有海はしばらく書類を抱えて立ち尽くしていた。少したってからようやく申込書やら安全のしおりやらが入ったガス屋の書類一式に目を落とし、脱力して玄関先に座り込んだ。

春川じゃなかった。

がっかりしたのと緊張感が抜けたのとで、書類を無雑作に脇に放りだしてまた仰《あお》向けに廊下に寝転がる。一方的に喋《しゃべ》りたてる訪問者が去ると再び部屋は静かになり、天井に浮か

ぶ木の洞《ほら》みたいな模様の染みが歪《ゆが》んだ人の顔になってくすくすと笑いだす。

染みのお化けと睨《にら》みあいながら長い溜め息をついたとき、ドアノブが揺れる金属質の音がして、唐突にドアがあいた。

気を抜いたところに食らった不意打ちにびっくりして有海はひっくり返ったまま頭を持ちあげた。今度は電気屋か水道屋か新聞屋かと思ったが、ドアの向こうに立っていたのはぎょっとした顔をした春川だった。

「なんでこんなとこで……ていうかパンツ見えてる」

言われて有海は渋々肘をついて起きあがり、めくれたスカートを引っ張りながら仏頂面で口をとがらせた。

「遅い」

「ああ、うん」

たいして悪いとも思っていない顔で春川が答える。ほんのりとアルコール臭がした。

「お酒飲んでる?」

「缶ビール一本だけ。何怒ってんの?」

有海の棘々《とげとげ》しい態度に春川は不思議そうに首をひねり、長年連れ添った相棒みたいに有海が傍《かたわ》らに準備していた花火のバッグとバケツに視線をやってようやく気づいた顔をした。

「あー。そっか、忘れてた。ごめんごめん」春川らしいといえばらしいのだがごく淡白に謝られて有海のご機嫌は大いに傾いた。

具体的な理由があるわけではないが、今日埠頭《ふとう》で花火をやるのを有海はとても楽しみにしていたのだ。

スカートの裾《すそ》を抱えて体育座りでそっぽを向く有海の前に春川がしゃがんで顔を覗き込んできた。ビールの臭いが鼻をくすぐる。酔っているせいなのかなんとなく疲れているように見えた。今日、どこに行っていたのだろう。

「今から行こう、埠頭」

普段どおりの無邪気な笑みを作って言う春川に、有海はまだ拗《す》ねた態度で顔を背けた。

「今日はもういい。時間遅いし」

「行こうってば」

「やだ」

「行こうよ」

「やです」

春川が覗き込んでくるぶんだけ有海は首をひねってそっぽを向く。しばらくそうやって無意味な攻防戦が続いたあと、

「あそ。じゃあいいや」

春川のほうからさらっと引きさがったので、有海は「えぇっ」とショックを受けて思わ

ず顔を振り向けた。そんな有海の反応に春川が悪戯《いたずら》っぽくにやにやするので何やら引っかけられたらしいと愕然《がくぜん》とする。

「ここでやろう」

「ここ？」

目を白黒させる有海の背中に手をまわして立ちあがらせると春川は「それ持って。こっちおいで」とスニーカーをぽいぽい脱いで部屋に入っていく。花火セットとバケツを持って有海があとに続くと春川は部屋の奥の窓をあけていた。窓の外には洗濯物を干すためにかろうじてでられる程度の奥行きのないベランダがある。九月の夜のほんのりとした冷気が部屋の中に流れ込んでくる。

「上着着てきな」

裸足《はだし》でベランダに降りながら春川が言うので、有海は一度取って返して春川のシャツをはおってから、窓の敷居をまたいでベランダにでた。

花火セットとバケツをあいだに挟んで二人で座ると狭いベランダはもういっぱいだった。錆《さび》がこびりついた手すりの向こう、東京の端っこの青灰色の夜空を背景に、貨物線路の高架線が黒いピアノ線みたいな筋を引いている。

「しーっ。隣、いるかもしれないから」

と春川が人差し指を口にあてて囁《ささや》く。不在なのかもう眠っているのか、ベランダを仕切るパーティションの隙間から見ると隣室の窓の電気は消えている。音を立てないように二人で気配を潜めつつビニールバッグを漁《あさ》り、有海は針金みたいな細い銀色の花火を、春川は例によって線香花火をそれぞれ手にして顔を寄せあい、風を避けて火をつけた。

「何それ」

春川がポケットからだしてきたライターを目にして有海は声を立てて笑ってしまい、慌てて笑いを噛《か》み殺した。「お土産」と春川が有海の手にライターを載せた。蛍光ライターの頭の部分に目つきの悪いプラスチックのペンギンがついていて、ペンギンがくちばしをぱかっとあけると火が灯る。「かわいい」ライターを握りしめて頰をゆるめてしまい、こんな簡単なことで機嫌をなおしたら単純すぎると拗ねた態度を取り繕《つくろ》った。

針金形の花火の先でぱちぱちとピンクの火花がはじけはじめ、縮こまってそれを見つめる二人の顔を瞬《またた》かせる。広々とした埠頭で大はしゃぎしてやる花火も楽しいだろうけど、こんな貧乏くさいところで息を潜めて地味にやる花火もスリルがあって何気に楽しかった。隣りあって身を縮こめていると春川との距離をなんだか近く感じた。並んで歩いているときよりも、一つの布団に潜り込んで眠るときよりも。

まるで寿命を迎える恒星みたいに、ピンクの火花が少しずつ青白くなり、小さく弱くなっていく。かすかに漂う残暑の名残《なご》りが花火と一緒に消えてしまうような気がしてふいに寂しくなった。もう秋はすぐそこにいて、夏を侵蝕《しんしょく》している。

この生活がいつまで続くのだろうと、ふと考えてしまった。

「さっき、ガス屋の人が来たよ。申し込みしないとガスとめますって」

消えた花火に目を落としたままそう言うと、隣で春川が「そっか」と頷《うなず》いた。「もうここにもいられないなあ」

「また空き家探さないとねえ。放浪生活はたいへんだ」

「んー……うん」

歯切れの悪い相づちを打ったあと春川はしばらく何も言わなかった。春川の手もとで二本目の線香花火がどことなく遠慮がちにオレンジ色の火花を細く散らす。耳にゆるくかかる黒髪の下で、春川の日焼けしていない肌が白く浮いて見えた。

「有海さ、」

薄い色の瞳《ひとみ》にオレンジ色の光を映しながら、ぼそっと春川が口を開いた。

「九州、一緒に行く気ある？」

「九州？」

唐突にでてきた地名に有海はぱちくりして訊《き》き返す。

「ん。俺の先輩の知りあいが九州にいて、ようするにこう、オモテシャカイにいられない人間をかくまったりとかしてくれるんだけど。とりあえずほとぼりが冷めるまでそっちに行こうかと思って。そこから高飛びするって手もあるし」

「ふうん」

「だからあんたがもし、帰るんなら……」

「行く」

即座に有海が答えると、春川は線香花火に向かって一度瞬《まばた》きをしてからこちらに顔を向けた。少し不機嫌そうに眉を寄せ、「あのね、俺、真面目にゆってるので真面目に考えて答えてください。俺はともかくあんたには逃げる理由はないし、佐倉とか家族とかもいるし」

「真面目に考えて答えたよ」

有海のほうも眉を寄せて意地になって言い返した。

佐倉とか家族とかと言われて実際は少し胸に何かが刺さった。航兄も伯父《おじ》さんも伯母《おば》さんも心配しているだろう。

しかし春川を追いかけると決めたときから、一緒に住もうかと春川が言ったときから、有海の中で迷うものは何もなくなっている。揺らぐことなど何もない。

……それなのに、春川は違ったんだろうか。今のその日暮らしの生活が明日も明後日《あさって》も同じように続くものだと楽観的に思っていたのは、先のことなんて考えないようにしていたのは有海のほうだけで、春川はこれからのことも自分の状況も有海の家族や将来のことも考えていたのだと思うと、なんだか突然取り残されたみたいで寂しくなった。いつまでも子供のままでいたいと思っていたのは自分だけだったのだろうか。

春川は仲間だと思ってたのに、同じだと思ってたのに。

「なんでさ……。置いてかないって、春川言ったじゃん。一緒に住もうって、言ったじゃん」

口をへの字に曲げて上目遣いに不満いっぱいの視線を向ける。春川のほうも口をへの字にひん曲げて何やら春川らしくない複雑な表情で少しのあいだ有海の顔を見つめ返していたが、

「……そっか」

と、肩をすくめて軽く息を吐いた。

「そうだっけ。そうだったな」

そう言ったときにはいつもの春川らしい気が抜けた笑顔に戻っている。有海も少し機嫌をなおして、唇を嚙みしめたままちょっぴり泣きそうな笑顔を作った。

「九州、有海行ったことある？」

「ない。修学旅行で広島行ったのが一番南。九州って何があるんだっけ」

「うーん、太宰府とか温泉とか、ハウステンボスとか、西郷さんとか？」

「え、その人上野にいるじゃん。あの人違うの？　誰？」

「あと博多ラーメンとか」

「博多ラーメン、食べたーい」

「じゃあ向こう着いたらまずは博多ラーメンで」

「あと明太子」

「明太子《めんたいこ》辛いから嫌い、俺」

いつものペースに戻って観光気分で無邪気に盛りあがる。真ん中に置かれたバケツ越しに春川が首を伸ばして有海の耳たぶにキスをする。有海のこめかみと春川のおでこがごちんとぶつかり、顔を見あわせて笑いあって、目を閉じて今度は唇をあわせる。春川の酔いが伝染したみたいに有海まで心地よく酔っぱらった気分で、ほんの一畳ばかりの狭いベランダの上で唇を重ねた。

「本当に海外行くって言っても、一緒に来る？」

悪酔いしたようなどことなくふわふわした春川の声が耳に囁いた。アルコール臭い吐息が耳たぶに触れてくすぐったい。

「……行くよ。春川と行く。どこだって行く」

迷わずに有海は答えて、仕返しとばかり春川の耳に吐息を寄せた。

〈だってわたしも、チチオヤを殺したから——〉

声にださずに打ちあけた。

本当に言ったら春川はどんな反応をするだろう。冗談だと思うか気が違って妄想《もうそう》に走ったとでも思うか、それとも仲間だって認めてくれるだろうか。

二人でだったらこのままどこまでだって堕《お》ちていってもいい。お互いに父親に相当する人を殺して母親に忌避《きひ》された二人がこうして一緒にいるのはきっと何かの運命なのだ。時間を超えた不思議な電話が引き寄せた運命——運命なんて信じたことなかったけど。サンタクロースと同じように言葉だけが一人歩きしている存在だと思ってたけど。でも、有海のサンタクロースは本当にいた。それは父親の存在を消す方法を教えた、自分自身。

ベランダに敷かれたトタン板が軋《きし》み、ふわりと視界を影が覆った。春川がバケツをまたいで有海の背中をトタン板に押しつけた。唇を重ねながらブラウスの内側に手を滑り込ませてブラのホックをはずす。一瞬身じろいだだけで有海は抗《あらが》わず、力を抜いて身をまかせた。本当に酔っぱらったみたいに頭がぼうっとした。

いったん唇を離して春川が訊く。

「嫌じゃない？」

有海は薄く目をあけて、至近距離にある春川の顔を見あげた。瞳の色が若干薄く、異国的な印象を受ける顔立ち。顔にかかるやわらかい黒髪に顔を寄せて囁く。

「いいよ。嫌じゃない」

何も怖くない。

「俺は佐倉航佑《こうすけ》みたいにあんたの兄貴にはなれないし、なる気もないよ。それでもいい？」

「いいよ……」

頷いて、有海のほうから首を伸ばしてキスをする。二人の身体が重なりあってベランダに倒れ込む。春川の手が背中から前に滑り込む。「ん……」身じろいで伸ばした足がプラスチックのバケツを蹴《け》り倒した。

ぺこんと間抜けな高い音がして水がこぼれた。

パーティションの向こうで隣室の窓に電気が灯《とも》った。窓があいて隣室の住人が顔をだす気配がし、パーティションのこっち側の二人は重なりあった体勢で思わず固まって息を殺す。泥棒か不審者でもいると思ったのか、隣室の住人がベランダにでてきて手すりの向こうを窺《うかが》っている（実際不法侵入で入り込んでいる自分たちはまさしく不審者なのだが）。

五秒、六秒、七秒、八秒……いい加減息をとめているのが辛くなってきた頃、隣室の窓が再び閉まり、灯《あか》りが消えた。

至近距離で目をあわせたまま二人はほっと肩で息をつき、雰囲気もどこへやらなんだか気を削《そ》がれて笑ってしまった。

「部屋入ってする？」

苦笑しつつ有海が言うと、春川のほうは子供っぽい拗《す》ねた顔をして、

「やだ。ここでする」

そう言って、有海の耳から首筋に唇を滑らせて甘噛《が》みした。背筋から手足の末端までくすぐったい痺《しび》れが走る。声をあげないように、そしてお互いの秘密を封印するようにかつて殺人者だった二人は唇を重ねる。

安アパートのベランダの軋みも背中に直接触れるトタンの冷たさもそのうちに五感が麻《ま》痺《ひ》したように感じなくなり、周囲の風景が消えて宇宙に投げだされたような浮遊感に包まれる。ふわっと身体が浮いたあと今度は地球の重力に引かれて落下していく感覚に陥る。

地球の底に地獄があるのなら、そこまで堕ちてもいいと思った。春川と一緒なら。

先のひらたい春川の指が肌を這い、みぞおちからへそ、腰にまわってスカートの下から下着に触れる。有海は短い喘《あえ》ぎ声を漏らした。

と、春川が一度手をとめ、身体を少し離した。

「……何？」

ぼうっとした気分で薄く目をあけると、春川が有海の頭の両脇に手をついてちょっと気難しい顔を作っている。ずれたTシャツの襟から覗《のぞ》く鎖骨がわずかな部屋灯りに照らされて余計に浮いて見える。

倒れていた花火用のバケツを摑《つか》み寄せて傍らに置き、

「吐きたくなったらこれにどうぞ。ただし吐いてもやめません」

　至極真面目な顔でそう言われ、きょとんとしてから有海はぷっと吹きだした。

「うん」

　春川の背中に腕をまわして身体を引き寄せ、獣《けもの》がじゃれるみたいに鎖骨に嚙みつく。瘦《や》せた上半身は全体的にごつごつしていて、手のひらに触れる肩胛骨《けんこうこつ》が本当に羽根の名残りみたいにひどく出っ張っていた。羽根の名残りをあまさず確かめるように愛《いと》おしく背中に手を這わせた。春川の白い肩越しに、高架線の筋が引かれた夜空に向かって大きく広がる羽根が見えるような気がした。

　彼の背中に羽根が生えているとしたら、蝙蝠《こうもり》みたいに真っ黒でうっすらと濡《ぬ》れたような光を反射する悪魔の羽根かもしれない。もし有海の背中にも羽根があるのなら、それはきっと同じように地の底へと堕とされる黒い羽根だ。ベランダで息を潜めてする行為がまた罪悪感を深くして、二人を地の底へと突き落とす。けれどその落下感は浮遊感と区別がつかない快感でもあった。ずっと落ち続けていればずっと飛んでいるのと変わらない。人工衛星は浮かんでいるのではなくて落ち続けているのだと言っていたのは誰だったか。

　肌を這《は》う指の感触を、耳に触れる息づかいを、心臓の鼓動を、やわらかい髪の感触を、囁《ささや》く声を、軽く汗ばんだ肩胛骨の手触りを、彼のすべてを少しもあますことなく惜しむように身体の芯に刻みつけた。

＊

　床に敷いたぺたんこの布団の中で一人で目を覚ました。どうやら相変わらずお昼頃。すでに高く昇った陽がカーテンのない窓から鈍く射している。ベランダにバケツが転がっているのが見えた。

　身体を起こすと薄い布団が素肌を滑り落ちた。

「ふお、ハダカだ」

　自分で突っ込んで、自分一人しかいないがゆえにかえって裸でいるのが不自然で気恥ずかしくなる。とりあえずそそくさとそばに落ちていた下着を身につけ、脱ぎ捨ててあった春川のTシャツとナイロンパンツに頭と手足を突っ込んだ。

　裏返しにされたチラシが枕もとに落ちているのを見つけた。有海の筆記用具を使ってチラシの裏に書き置きがしてある。

『6時　DONKEY』

　DONKEYというのは花火セットを買ったあのガラクタ城みたいな店の名前だ。

　進路調査票の記名を見たときから思っていたが、春川の字には特徴的な癖がある。小さい頃に矯正《きょうせい》されなかったのか鉛筆の持ち方がおかしくて、極端に右下がりなのだ。

布団の上に座ってそれから一時《いっとき》ぼうっとしていた。なんとなく身体がふわふわした変な心地がして、下腹と脚が引き攣《つ》れたように少し痛い。ああ、処女じゃなくなったからかと身も蓋《ふた》もないことを考えた。しかもはじめてがベランダのトタンの上って……癖になって変な趣味に走ってしまいそうだ。

それからようやく活動を開始した。少ない荷物をスクールバッグに詰める。制服のスカートとハイソックス、上に白のポロシャツ（ショッピングモールで五百円）を着る。だいぶ無雑作に伸びてきた髪を手ぐしで引っ張って二つに結び、ビーズのヘアピンで前髪をとめた。身支度が整ったところで、普段自分の部屋の掃除すらめったにしないのに簡単に部屋を掃除した。万年床《まんねんどこ》になっていた布団を押し入れに突っ込んで、散らかっていたゴミをコンビニの袋に放り込む。ここに来てから買い揃えた最低限の生活用品はどれも安物だしたぶん荷物になるだけなので置いていくことにする。

簡単にでも片づけると、安アパートの１ＤＫはもとのとおりのがらんとした生活感のない空間に戻った。しかし約二週間、春川と二人で暮らした部屋には愛着がわいていた。その日暮らしの貧乏生活だったけど、鍋《なべ》パーティーとか楽しかったなあ。

この部屋とも今日でお別れだ。

（航兄に電話しようかな……）

カバンのポケットに携帯電話を入れようとして考えた。今までありがとう。伯父《おじ》さんと伯母《おば》さんによろしく。日野《ひの》ちゃんとうまくやれよ……話したいことはいろいろある。しかしもう会えなくなるかもしれないということにあまり実感はなかった。基本的には有海は三日以上先のことなんてろくに考えていないのだ。

こんな刹那《せつな》的な決定で九州に、果ては海を越えて海外に逃げようなんて考えている。あまりの考えなしっぷりに我ながら呆《あき》れたが、気持ちは軽かった。

約束の六時までまだ時間があった。いつもは散歩だなんて爽《さわ》やかで活動的なことなど考える有海ではないが、最後だと思うともう一度見ておきたかった。春川とはじめて会った場所。有海にとって特別な場所。

ピンポン、と安っぽいインターホンが鳴った。

(誰だろ……)

カバンを抱えて玄関を振り返る。大家とかだったら非常にまずい。

訪問者は気長に待つ気はないらしく、やや乱暴に鉄製のドアをばんばんとノックしてきた。

つま先立ちでドアに歩み寄り、息を潜めて覗き穴に顔を近づけると、小さな魚眼レンズの中に昨日も来たガス屋の若い男の顔が見えた。「すいませーん」とドア越しに投げやりな声がする。今日でていこうというところだったのにタイミングが悪い。一瞬悩んだが特にいい案は思い浮かばず、適当にはぐらかして今日は帰ってもらおうという行きあたりばったりな考えでとりあえずローファーをつっかけて靴脱ぎ場に降り、ドアをあけた。

あけた途端、はめられたことに気がついた。

覗き穴の死角に隠れて、ガス屋の他に二人の人物がいた。いずれも濃紺の制服に揃いの制帽、腰に警棒や無線機を提げた二人組。一人はずんぐりした体型の中年で、もう一人はもっと若くて背が高い。

「この子ですか？」

作業着姿のガス屋がその二人を振り返り、有海に対するのよりも丁寧な口調で問う。有海はとっさにドアを閉めようとしたが、中年のほうの警官が体型に似合わない素早さでドアの隙間に靴の先を突っ込んだ。それでも有海が両手でドアノブを引っ張ると強引に身体をねじ込んでくる。

「この子ですね」

手にしたファイルに目を落として若いほうの警官が冷静に答えた。

「通報感謝します」

「いえ」

応じるガス屋はどことなく誇らしげだ。

ドアの隙間に挟まった顔を歪《ゆが》めながら、ずんぐりのほうの警官が言った。

「佐倉有海さん」

「違います」

蒼《あお》い顔をして反対側からドアノブを引っ張りながら有海はきっぱり否定する。「佐倉有海さん。大丈夫だから、でてきなさい」何がどう大丈夫なのか知らないがなだめるように警官が繰り返す。佐倉有海さん、違います、という不毛なやりとりが何度か続き、結局有海のほうが力負けしてドアをこじあけられた。

身をひるがえして部屋の奥へと逃げた。前方にバケツが転がっているベランダがあった。昨日春川と一緒に夜を過ごしたベランダ。二階から飛び降りるつもりだったのか自分でもわからないが窓の鍵《かぎ》をあけようとしたところで、窓辺でずんぐりの警官に取り押さえられた。

「放してえっ、強姦《ごうかん》！　犯されるーっ」

「なんてこと言うんだこの子！」

「先輩、乱暴はまずいですよ。また警察のスキャンダルとか言われたら……」

事実無根きわまりない有海の叫び声に警官二人が辟易《へきえき》した会話を交わす。とっとと帰ればいいのに戸口でガス屋が所在なげにしている。ずんぐり警官が有海を取り押さえているあいだにのっぽのほうが部屋の中をざっと確認し、

「他には誰もいませんね」

「春川真洋はどこにいる？　知ってるんだろう」

ずんぐりが有海の両腕を後ろ手に押さえつけて問う。

「知らない。誰それ」

有海の徹底したしらばっくれ方にずんぐりは溜《た》め息をつき、のっぽに視線を送って頷《うなず》きあった。「とりあえず交番まで来てもらえるかな」「ご協力どうも」玄関口に突っ立っていたガス屋にのっぽの警官が制帽のつばを軽く持ちあげて言った。感謝状でももらえることを期待しているのかガス屋はこびるような笑いを作った。

両側からがっしり挟まれてアパートの玄関をでるとき、有海は三代先まで恨んでやるという視線でガス屋の顔を睨《にら》みあげた。うだつのあがらない感じの二十代くらいのガス屋の顔を今度会ったら股間《こかん》を蹴《け》っとばすリストの筆頭に刻みつける。ガス屋はたじろいで一歩引きつつ有海と警官たちを見送った。

『ガ――――……』

のっぽの警官の腰についた無線機からノイズが聞こえた。有海の身柄をずんぐりにまかせて少し離れたところでのっぽが無線に応じる。

「佐倉有海を確保しました。はい」

『ガ――――……』

のっぽの報告に無線がまたノイズで応じる。無線に耳を傾けたあと、のっぽがこっちを振り返った。

「先輩、春川真洋と思われる人物が城南線沿線で目撃されたそうです」

「捕まったのっ？」

ずんぐりが答えるより先に有海のほうが身をよじって勢い込んで問うた。のっぽの警官が鼻白《はなじろ》みつつ「いや、まだ……ていうか君、さっき知らないって言って」最後まで聞く前に、有海はずんぐり警官のみぞおちに力いっぱいエルボーを叩《たた》き込んだ。

完全な不意打ちが功を奏し、ずんぐり警官が呻《うめ》いて身体を折った。その隙に有海は拘束を振り切って走りだしている。「ま、待ちなさい！」追ってくる声を無視し、外階段の鉄板を打ち鳴らして駆け降りる。最後の数段を飛ばして一気に下まで、跳び降りて集合ポストの脇を抜け、全速力で駆けだした。

走りながらカバンを漁《あさ》って携帯電話を摑む。履歴から春川の番号を探して発信する。走る自分の身体の振動にあわせてこもった呼びだし音が途切れ途切れに鳴り続く。なかなか繫《つな》がる気配がなく気が焦ってくる。肩越しに背後を確認し、一度電話を切って手に握ったまま前を向く。日頃のだらけた生活が祟《たた》ってあっという間に息があがってきたが、それでも足をゆるめずに走った。

埋立地区の入り口、ショッピングモールに近いトラック通りにでた。普段だらだらと歩いてでかけるショッピングモールは全力で走ると意外に近い。この二週間でよく往復した道。鍋の材料を買い込んで、ショッピングカートで遊んで店員に怒られて逃げだして、パチスロで大勝して、残暑の煙《けぶ》った空の下を二人ではしゃぎながら帰った。

先のことなんて考えていなかった、ただ楽しいだけだった日々が視界の左右を過ぎる風景とともに脳裏に浮かんでは消える。

ショッピングモールの大駐車場は入退場する車の列で混雑していた。トラック通りの交差点を渡った向こう側がショッピングモールの店舗街だ。このへんは埠頭のコンテナターミナルを行き来する大きなトラックの往来も多いので、平日はクラクションと騒音が鳴りやむことがなく排気ガスで空気が煙っている。

駐車場付近の人込みに混じると、自分の存在がまぎれた気がして若干ほっとした。歩行者信号が青く点滅する交差点を視界の先に見ながら、走る足をゆるめてもう一度電話をかける。今度もなかなか繋がらずにじりじりしてきたが、十回とちょっとほど呼びだし音が続いたところでようやく応答があった。

「春川、どこにいるの」

電話にかじりつくようにして出し抜けに問うた。

『どこって』

たじろいだような春川の応答。どこかの駅だろうか、ノイズに混じって人込みのざわめきと構内アナウンスが聞こえる。

「ケーサツが来たよ。春川、逃げて」

『ケーサツ?』

問い返す声が即座に緊迫感を帯びた。

『今どこ、有海』

「ショッピングモールんとこ。いつもの」

『ドンキに行ってろ。マスクの怪しい店員いただろ。俺の先輩だから、助けてくれる』

「春川は?」

『俺もすぐそっちに引き返す』

「駄目だよ、春川、ケーサツに目つけられてる。城南線で見られたって」

互いに抑えた声で早口のやりとりを交わす。点滅していた歩行者信号が赤になり、待ちくたびれていたトラックたちが両側からいっせいに走りだして行く手を遮《さえぎ》る。今走ってきた方向を気にしながら有海はじりじりして信号が変わるのを待つ。『……み、……』電話口で春川が何か言っているが騒音に掻《か》き消されて聞き取れない。

「何? 聞こえないよ」

焦れて電話口に耳を押しあてたとき、ふいに肩を摑《つか》まれた。

背筋が凍りついた。電話を耳にあてたまま有海はぎこちなく背後を振り仰いだ。警官だったらまた不意打ちでキックでも繰りだそうと思ったが、立っていたのは大きなマスクで顔を覆った瘦《や》せぎすの男だった。ひょろっと背が高く、あのガラクタ城のエプロンのロゴがちょうど有海の目の高さにある。

「ウミちゃん？」

顔を覆うマスクをずらしてガラクタ城の店員が言った。口もとから黄ばんだぼろぼろの前歯が覗《のぞ》いた。

「は、はい」

「大丈夫、俺、春川のダチ。こっち」

ちょうど歩行者信号が再び青になり、店員が有海の手を引いた。

「電話、春川？　替わってもいい？」

人込みにまぎれて小走りで交差点を渡りながら店員が肩越しに振り返る。前歯の隙間から空気が漏れるような喋り方。有海は頷いて携帯電話を渡した。「春川、ああ、俺。こっちはオーケイ。……気にすんなよ。彼女も大丈夫。ああ、急いでな」短く区切ったやりとりだけですぐに返され、有海は再び電話を耳にあてた。

「春川」

『先輩のとこにいろ。何も心配ない。俺もすぐ行く』

電話越しの声にすがるように有海は頷く。

「春川、大丈夫だよね。すぐ来てよ？」

なんだか遠いけど、身体中に海水が浸み込むように春川のナチュラルな声が耳に沁《し》みる。

『うん』

「春川」

『うん』

名前を呼んで、頷く声を何度も聞く。身体中に海水が浸み込むように春川のナチュラルな声が耳に沁《し》みる。

『……有海、あのさ、俺』

小走りの振動でぷつぷつとノイズが入って声が途切れがちになる。交差点を行き交う人々のざわめきの中、有海は電話口の声に懸命に聴覚を集中する。

「もういっかい。よく聞こえないよ、春川」

『俺さ、』ノイズとざわめきの壁の隙間からかすかな声が聞き取れた。『逃げられたら、俺、ちゃんと働いて、まっとうに稼いで、それで本当にさ、いつか海外に行こう。最初言葉わかんないと思うけど、なんとでもなる。二人でだったら地獄にだって行ける』

「うん、行く。行くよ。春川と行く」

マスクの店員に肩を押されて交差点を抜けながら、有海は電話を愛おしく抱きしめるように両手できつく握って耳に押しあてる。

『どこの国に行きたい？　どこでもいいよ、有海が行ってみたいところ』

「じゃあハリウッドとか。わたしジョニー・デップに会いたい」

『え、ジョニー・デップより俺のが男前だし』

「じゃあニューヨーク」

『ニューヨーク？　マンハッタン？』

「ソーホーのショッピング街に行ってみたい。雑誌で見たの」

いつもどおりの気軽な会話に何故《なぜ》だか目の奥が熱くなり、涙がこみあげてくる。

熱い涙がつたうかわりに、ぽつりと頬に冷たい水滴があたった。灰白色の重たい空から
ぽつ、ぽつと小雨が降りだした。人々の足が速くなる。前方で歩行者信号が点滅しはじめ、
肩を押されて有海も足を速める。

『いいよ。じゃあニューヨーク。自由の国』

「うん。ニューヨーク」

『有海』

「うん。聞こえるよ。聞こえる」

『あのさ、俺、考えたんだ。海の向こうで、誰も知らないところで……一緒に……』

かしゃん……。

電話の向こうで軽い音がして、声が途切れた。

「春川……？」

自然と足がとまった。

ツ――……。

携帯電話の小さなスピーカーが小雨の雨音に似た平板な音を垂れ流す。本格的に雨が降りだし、横断歩道の白いラインが引かれたアスファルトに濃灰色の染みを落としていく。

「春川？」

通話切れの音が聞こえるだけで相手からの応答はない。

歩行者信号が点滅から赤に変わり、走りだしたトラックたちが交差点の真ん中で立ち尽くす有海に向かって迷惑そうにクラクションを鳴らしたてた。その騒音は雨の幕を隔てて妙に遠いところにあり、通話切れの音だけが耳にこびりついて永遠に続くかと思える電子音を電話から流し続けている。

がっしりした革靴のつま先が目の前に立った。

電話を耳にあてたまま有海は視線をあげた。背広姿の体格のいい中年男が、黒い手帳を片手に掲げて立っていた。

「佐倉有海さん。ご同行願えますか」

通話切れの電子音に似た抑揚のない声で男が言った。声と同様に顔もなんだかのっぺらぼうで特徴がなく、印象に残らなかった。雨に濡れていく背広の広い肩越しに、さっきアパートに来た二人の警官の姿もあった。

何気なく、有海は隣に立つガラクタ城の店員のエプロン姿を振り仰いだ。

「ごめん、ウミちゃん……」

何を謝っているのかわからなかった。どことなく放心した虚ろな顔で有海は店員の長身を見あげた。店員は頬を奇妙に引きつらせて、今にも泣きだしそうな歪《ゆが》んだ顔をしていた。口を開くとぼろぼろに溶けた前歯が見えた。

「お、俺、昨日の夜捕まって、脅《おど》されて協力させられて……本当にごめんな、ごめんな、春川にも、謝っといて……」

背広の男が有海の脇に立って肘を掴んだ。警官の一人が反対側から有海の腕を取り、もう一人が店員の肩を叩いた。雨足が強くなり、アスファルトをあっという間に黒く塗り替えていく。立ち尽くす有海のポロシャツの肩も濡れそぼち、ローファーに雨水が跳ねる。

クラクションの喧噪《けんそう》とノイズに似た雨音の向こうで、手にした携帯電話がまだ平板な電子音を垂れ流し続けていた。

＊

携帯電話が手から滑り落ち、軽い音を立てて西口の階段を転がり落ちていった。濃灰色に濡《ぬ》れはじめた駅の出口が階段の下でぽっかりと四角い口をあけている。

「……？」

ぎこちない動きで春川は首だけをまわして背後を振り返った。

季節はずれのトレンチコートを着込んで襟を立てた女が、ふらりとよろめいて二、三歩あとずさった。革の手袋をはめた女の両手に肉断《き》り包丁が握られていた。長い刀身が根もと近くまで、鮮やかな赤い液体で濡れている。

背中に引き攣れたような違和感があった。信じられない思いで視線を落として、自分の腹部に手を触れる。Tシャツの下から包丁に付着したそれと同じ色の液体が浸みだして、白いシャツの地を見る間に浸蝕《しんしょく》しはじめた。

「かあ……さ……」

声を押しのけて空気を含んだ血の泡が食道にせりあがってきた。脇腹を押さえてコンクリートに膝《ひざ》をつく。傾いていく視界の中、首をひねってかろうじて背後の女の姿を捉える。蒼白な顔で小刻みに震えながらも女は頬に引きつった笑いを浮かべていた。駅舎の屋根を叩《たた》くこもった雨音がノイズばかりのラジオのボリュームをあげるように次第に強くなってくる。サラリーマン風の駅の利用者が一人、階段をのぼってきたが、やや怪訝《けげん》そうにこちらに視線を送りながらもそのまま通り過ぎていった。

「ふふっ……」

女の口から喉《のど》に引っかかったような掠《かす》れた笑い声が漏れた。

「ふっ……あはは……。わたしが悪かったのね、もっと早いうちにこうすればよかった。

あんたが最初の……人殺しを、したときに。わたしはね、知ってたのよ……あの人を殺したのはあんただって。人殺し。お前は人殺しだ。お前なんて死んだほうがいいのよ」

手袋越しに包丁を握った両手をがくがくと震わせながら、女の瞳にはどこか恍惚《こうこつ》とした光があり、笑った顔は狂気に歪んでいた。

場違いなくらい冷静な感想が頭に浮かんだ。ああ、この女と自分は結局よく似ているのだと。本人からも他人からも似ていると言われたことなんてなかったけど、結局自分はこの女の血を引いた息子だったんだなあと奇妙なことに幸福感にも似た思いがよぎる。

肩口で壁をこすって倒れ込み、側頭部がコンクリートにぶつかった。身体を起こそうと努力したつもりだったが視界は傾いたままなおらなかった。蛍光灯が暗いのか視力が侵されてきたのかわからないが古い写真みたいに四隅から暗くなりはじめた駅の通路を女が身をひるがえして走りだす。後ろ姿が遠くなっていく。

どこかで電話が鳴っていた。聞き慣れた〝NIKITA〟の着メロが雨音の壁の向こうで聞こえている。階段の底に転がり落ちた携帯電話の液晶画面が雨に打たれながらぼんやりと灯《とも》っている。

「有……海……」

片手で這って階段の端に指先をかける。すでに自分自身の血で手首までべっとりと染まっていた。本当に鳴っているのかどうか、あるいは幻聴なのかもしれない着信音にすがるように身体を引き寄せてどうにか上半身を起こし、ほとんど這いずるように階段を降りはじめた。肩口で階段の片側の壁をこすり、もう感覚がないのに血の染みだけは広がり続けている腹部を押さえながら。視界の先で青白い光を灯す液晶画面と遠く聞こえる着信音だけが途切れそうになる五感を繋《つな》ぎとめる。

最後のほうは半ば階段を転げ落ち、夕方の雨の中に投げだされて、水溜《みずた》まりを作りはじめたアスファルトに片頬を突っ伏した。

あと少し……。

伸ばした右手を雨滴が叩いて、血を洗い落とすかわりに泥水で染める。ほんの一センチの距離が永遠に思えるほどに遠くなかなか手は届かない。それはまるであと少しで届くはずだった未来にも似て。

……あと少し、あと、少し。まだ大丈夫、手は届く。アスファルトを叩く雨があっという間に身体を濡らし、睫毛《まつげ》にかかる水滴で視界が滲む。

筐体《きょうたい》の感触が指先に触れた。〝NIKITA〟の着メロが幻聴ではなく確かに鳴っていた。ぎこちなく指をたぐって電話を摑《つか》み、感覚がなくなりつつある腕を引き寄せる。液晶画面に額を押しつけるようにして、手探りで通話ボタンを押した。

まだ遅くない。あと少し、あと……少し。

あと少しなら、たぶん話せる。

6．サイレン

陽暮れどきから本格的に降りだした雨の影響か、駅の利用者は夜になってもいつもより少なかった。今日は朝のシフトだったので、若干の残業をしても七時過ぎには仕事からあがることができた。制服を脱ぐ前に、下っ端の駅員に暗黙のうちに課された務めとして最後にゴミを拾いながらざっと構内を見てまわる。繁華街に面した東口は雨天とはいえほどほどの人通りがあったが、西口側は閑散としたものだった。

蛍光灯が古くなってきたようだ。人気のない通路を暗い灯《あか》りが気怠《けだる》く照らしている。

(蛍光灯っと……)

頭の中にメモをして、構内からバスロータリーに降りる階段の上まで行ったところで特に目につくゴミもなく引き返そうとしたとき、階段の出口に人影が倒れているのが目に入った。

降りやまない雨がアスファルトを強く叩《たた》いている。濡《ぬ》れそぼったぼろ雑巾《ぞうきん》みたいになったまま人影が動く様子はない。こんな時間から酔っぱらいか、あるいは構内に入り込む路上生活者かと駅員はうんざりした溜め息をついて階段を降りていった。

「お客さん、お客さん。どうしました、気分でも悪いんですか?」

雨粒がすぐに制服の肩を濡らした。かがみ込んで声をかけながら軽く身体《からだ》を揺さぶってみる。雨に打たれてからずいぶん時間がたったのか、ひどく冷たくなっていた。

「お客さん、聞こえます？」

なかなか反応がないので仕方なくアスファルトに膝をついて顔を覗《のぞ》き込んでみた。頬にへばりつくびしょ濡れの黒髪の下に、まだだいぶ若いと思われる青年の顔が見えた。中年の酔っぱらいか路上生活者かと思っていたので意外と若い人物であったことに駅員は驚きつつ、いい若いもんがこんな時間から酔い潰《つぶ》れるなよと胸中で悪態をついた。配属一年目の新人時代は駅員自身も先輩駅員に飲まされて潰れることがあったので人のことは言えないのだが。

大学生のコンパか何かだろうか。手には携帯電話を握っていた。

「お客さん、起きてくださいよ。お客さん……」

青年の身体の下に広がる水溜まりが雨水ではなく血の池であることに気づくまで、しばらくのあいだ、駅員は面倒くさげに青年の身体を揺らし続けた。

＊

漆黒に濡れた空が絞りだす大粒の雨の中、集まったパトカーや救急車の屋根の上で赤いサイレンがくるくるとまわっていた。まるで遊園地のメリーゴーランドを飾りたてる電飾みたいな、どこか現実感のないサイレンの群れを有海《うみ》はぼんやりと眺めやった。周囲を飛び交う警官や救急隊の声が別世界の出来事みたいに一枚幕を隔てたところで聞こえる。

背広の刑事に促《うなが》され、乗ってきたパトカーを降りて刑事が差したビニール傘の下に入る。赤色灯がくるくるくるくるまわる中を無言で進んだ。雨粒を受けてぽつぽつと波紋を広げる水溜《みずた》まりをローファーのつま先が跳ねる。

青い作業服の上から透明な雨ガッパを着た警官たちがいろんな角度から写真を撮っている。駅員に話を聞いている警官がいる。ヘルメット姿の救急隊員が背中を向けて地面に片膝《ひざ》をついている。刑事が近づくと救急隊員が立ちあがって場所をあけた。刑事に肩を押されて、有海は一歩前にでた。

アスファルトにできた水溜まりとその上に被《かぶ》せられた大きな水色のビニールシートのあいだから、見覚えのある黒髪が覗いていた。

別の救急隊員がシートを半分めくりあげた。

濡《ぬ》れると少し癖がでるやわらかい髪の下に、泥で汚れた白い横顔が見えた。

「春川真洋《はるかわまひろ》に間違いないね？」

傘を差して斜め後ろに控える刑事が問う。頷くかわりに有海はアスファルトに膝をついて、彼の傍《かたわ》らにしゃがんだ。膝頭《ひざ》が水溜まりに浸かった。

「春川……？」

震える指でそうっと髪に触れる。濡れた髪が指に絡《から》まる。一見して眠っているだけで普通に息をしているように見えた。好きなだけ眠ったらそのうちに目をあけそうに見えた。春川は寝起きが悪いから、呼んだ程度では起きないのだと。

「春川……こんなとこ、寝てたら風邪ひくよ。びしょ濡れじゃん。何やってんの……すぐ来るって、言ったくせに……」

力が抜けて、水溜まりの中に座り込んだ。

「起きてよ、ねえ……」

両手で頭を抱き寄せた。冷たくなった頬が膝の上にくたりと横たわるだけだった。ひどく硬くて重たくて、頬に指を這わせると、失敗したスポンジケーキみたいに弾力がなくおかしなふうに沈み込んだ。

これは春川ではない、何か違う物体なのではないかという気がした。だって笑わない、喋《しゃべ》らない春川なんて有海は知らない。見たことがない。昨日の夜まで普通に動いていたのに、いつもみたいに馬鹿みたいなことを喋って馬鹿みたいなことで笑っていたのに。昨日交わした言葉の持ち主が、触れあっていた体温の持ち主が、まるでまったく未知の物体になってしまったみたいだった。

すいません、と人込みを掻き分けて駆け寄ってくる人物がいた。刑事に軽く頭をさげて有海の傍らに膝をつき、有海の肩に手を触れる。

「有海」

呼ばれて有海はのろのろした仕草で幽霊みたいな顔をあげた。

久しぶりに見るセルフレームの眼鏡《めがね》の顔がそこにあった。「航兄《こうにい》……」「ああ」安心させるように有海に対して頷いてから、有海の膝の上に沈鬱《ちんうつ》な視線を向ける。心持ち蒼《あお》ざめた横顔と眼鏡のフレームに奇妙なくらい鮮やかに赤色灯が反射する。

「航兄、……は、どっち？」

春川の頭を膝に抱いたまま呟いた有海の声に、「え？」と航兄が顔を寄せて訊《き》き返す。

「……東京湾、は、どっち……？」

濡れてもやわらかく癖を帯びた黒髪を指で梳《す》きながら有海は繰り返す。

「え……、こっちが西口だから、あっち、だろう」

怪訝《けげん》な顔で少し考えたあと航兄が駅舎を挟んだ線路の向こう側のほうを軽く示す。顔をあげずにそれを確認しただけで、有海は春川の脇に腕をまわして引きずり起こそうとした。

「ちょっ、何をするんだ」後ろで見ていた刑事がとめようとする。かまわずに有海は春川の身体を抱え起こす。

「海、あっちだって、春川……行こ……」

こんなに華奢《きゃしゃ》なのに、有海の両腕を簡単に背中にまわすことができるくらい細いのに、降りしきる雨をすべて吸ったかのようにその身体はひどく重たくて、アスファルトの上をわずかに引きずることができただけだった。

「こら、やめなさい」

「有海、動かしちゃ駄目だ。しっかりしろ、頼む……」

刑事と航兄が有海を両側から抱えて引き剝《は》がした。ローファーが片方脱げて泥水がソックスに浸みた。刑事に羽交い締めにされる格好で春川から引き離されながら、有海は最後まですがるように春川の右腕を放さなかった。

今さらのように、灼けるような痛みが食道に突きあげてきた。

「言ったじゃん、春川、海の向こう、行こうって、一緒に行こうって。ねえ、春川……起きてよ、はるかわぁ……」

自分で力を入れることなくほとんど釣りあげられるように身体を支えられながら有海は声をかけ続ける。春川が持っていた携帯電話が、握った手の形はそのままに手の中から滑り抜けた。もう少しで届きそうだった二人の未来が、拙《つたな》いけれどようやく見つけた二人の未来が雨とともに流れ落ちていくように――。赤色灯に血の色みたいに彩られた水溜まりの中に、開きっぱなしの液晶画面が沈み込んだ。

摑《つか》んでいた右腕が雨で滑って有海の手の中からすり抜けた。

ごめん、もうどこにも行けないんだと謝罪するように、重たい右手が濡れたアスファルトにぱちゃんと落ちて、横たわったまま二度と動くことはなかった。

12月のエピローグ

東京湾はすっかり冬の色に変わっていた。灰色の湾の左手からコンテナ埠頭《ふとう》の桟橋が延び、青やオレンジの錆《さ》びたコンテナが積みあげられたコンテナターミナルが海岸線を切り取っている。

薄雲がかかる空の下、冷たい海風が刺すように頬《ほお》を撫《な》でて髪を掻《か》き混ぜる。

十二月三十日の海風に無防備に頬をさらしながら、有海《うみ》は防波堤の端っこに座って海側に投げだした両脚をふわふわさせていた。テトラポッドが積みあがった波打ち際に空き缶やお菓子の空き箱などのゴミがたくさん打ちあげられている。有海はエコロジストではないので別に憤りを覚えるでもなく、それもまた東京湾らしい風景の一部だと感じるだけだった。

真冬の埠頭公園に人気はまばらだった。防波堤のずっと遠くのほうに犬を散歩させている男女の二人連れが見える。犬は小さな柴犬《しばいぬ》だった。

ちょうど三ヵ月前のあの日、九月三十日。身柄を保護された有海は本署の少年課というところにまわされた。先に連絡を受けて現場まで駆けつけた航兄《こうにい》の他にも、チサコやマッキー、仙台から佐倉《さくら》の伯父《おじ》さんや伯母《おば》さんまで駆けつけていた。本人たちは取りたてて気にすることなくのほほんと日々を暮らしていたのに対して、たくさんの人に心配をかけていたのだとそのときはじめて真剣に理解して反省した。その日のうちに有海はとりあえず自宅に帰された。

一週間ほどあとに、春川《はるかわ》の母親が彼女の田舎がある群馬のほうで自首したらしい。母親が十九歳の息子を刃物で殺害——一時期はセンセーショナルなニュースになっていたが、それもすぐに聞かなくなった。母親は精神鑑定を受けているらしい。何を思って彼女が犯行に及んだのか、彼女の中にもいろいろな葛藤《かっとう》があったのかもしれないが、有海はあえて知ろうとは思わなかった。

依田《よだ》先生は順調に回復中だ。年明けから学校に復帰する予定だとマッキーから聞いた。学校で顔をあわせることがあったら、いかにも偽善者ぶって「春川のことは残念だった」なんて言う先生の顔が想像できる。そう言われても有海はたぶん何も思わないだろう。

十年前、自分の手で父親を殺したことも——それすらも今の有海にとってはどうでもいいことだ。欠けていた記憶はすべて埋まってばらばらだった写真の断片は綺麗《きれい》にくっついたけれど、だからと言って何が変わったわけでもない。

春川はもういない。有海に残された事実はそれだけだった。

あの夏、お互いの足りない部分を埋めるように重ねたキスは、交わした言葉は、固く繋《つな》いだ手は、奪われたまま永遠に戻ってこない。

二人ともあまりにも心が拙《つたな》くて、あまりにも子供だった。将来のことなんて、このジェットコースターが終わったあとは何に乗ろうかという程度にしか考えていなかった。自分たちを取り巻く外の世界のことなんて、テーマパークのまだまだ遠い閉園時間のあとのことくらいにしか考えていなかった。隔離されたテーマパークの中で時間を忘れて遊んでいられるような気がしていた。

でも、子供だったからこそ、あんなにも〝今〟だけに夢中になることができたのかもしれない。あの夏は、有海にとっては何一つ無駄ではなかった。

高校三年の十二月。足りない部品はテーマパークに取り残したまま、それでも有海はそろそろ閉園時間を迎えないといけない。脚が片いっぽう足りなくても、内臓が半分空っぽでも、ニンギョウの子供はニンゲンになるためにパークをでていく。足りない脚を引きずって、拙い足取りで、ときどき転んだりしても。

「よっ、と」

座っていた防波堤からひょいと勢いをつけて海のほうへと飛び降りたとき、

「有海！」

頭の上から慌てた声が追ってきた。

テトラポッドの突端に片足で立ってバランスを取りながら有海は頭上を振り仰いだ。防波堤の向こう側から身を乗りだしてきた航兄が、蒼白な顔で硬直したあと、脱力して防波堤に突っ伏した。

「驚かせるなよ……」

あったかい缶コーヒーを二本、防波堤の上に置き、がっくりと上半身を投げだしてうなだれる。きょとんとしたあと有海は悪戯《いたずら》っぽく微笑《ほほえ》んだ。

「身投げしたかと思った？」

「悪い冗談言うな」

本気で怖い顔で睨《にら》まれて、肩をすくめてごめんと謝った。

実際有海はあの事件からしばらくのあいだ、あとを追うんじゃないかと警戒されて部屋では一人にさせてもらえず、常に誰かの監視つきでしか外出もさせてもらえなかった。今でもまだでかけるときはたいてい航兄がくっついてくる。

ちなみに航兄と日野《ひの》ちゃんの交際は、最初の頃ほど初々《ういうい》しくはないがぼちぼち続いているらしい。あの病院での一喝《いっかつ》から日野ちゃんは有海に恐れをなして近寄ってこなくなるのではないかと思ったが、十月半ばに有海が学校に復帰するなり駆け寄ってきて「有海ちゃん、たいへんだったね」と涙目で有海の手を握ってきた。日野ちゃんらしいといえばそのとおり。日野ちゃんは筋金《すじがね》入りの無神経少女であった。

日野ちゃんはなんとなく長生きしそうな気がする。長生きする人が航兄とつきあってくれればいいとも思うので、二人の交際を今は有海もそれなりに応援している。

それを考えると、十九年で閉じた春川の人生も、春川らしいといえばらしかったのかもしれない。春川はたぶん永遠に大人になることはないような気がするから。

「自殺、しようかなあ」

「有海」

「冗談だよ」

テトラポッドのてっぺんでくるりとスニーカーの底をひねって東京湾に向きなおる。コンテナ埠頭の栈橋に灯りがつきはじめていた。海の色が薄い灰色から濃い群青色へと少しずつ染まっていく。

本気であと追い自殺しようかと思うことがないでもなかった。しかし最初の頃はそんな行動を起こす気力もなかったし、そしてあれに気がついてからは、少なくとも今日までは絶対に死ぬわけにはいかなかった。

気がついたのは十月の終わり。春川の所持品を確認するために警察に呼ばれた。着ていた服や、いつも腰にぶらさげていたサルとウサギのマスコットつきのウォレットチェーン、ぼろぼろの革製の財布、そして春川が最後まで握っていた、血痕《けっこん》が指の形をなして茶色くこびりついたままの携帯電話。持ち主が死亡した電話はすでに解約され、検分のために充電だけされていた。

着信履歴をたまたま開いてみなければ、有海も気づかなかっただろう。

着信　12/30 17:30:45　サクラウミ

死亡推定時刻からほぼきっかり三ヵ月後の日時がついた、その奇妙な未来からの着信履歴を、時刻設定のミスとして片づけたのか警察は特に調べなかったようだ。

（あと少し……）

マリンホワイトの携帯電話をコートのポケットの中で握りしめて、頭の中で時計の針を刻む。航兄はまだ有海の自殺話を疑っているようで、有海から目を離さないようにしつつ少し離れたところで缶コーヒーを飲みはじめた。

頭の中の時計が十七時三十分を過ぎる。ポケットから電話をだす。九月三十日を最後に発信していなかったメモリの登録先に電話をかける。

桟橋に浮かぶ灯《あか》りを遠く眺めながら、テトラポッドの上にまっすぐに立って、息を吐く。少したってから、ゆっくりと電話を耳にあてる。

『……になった番号は現在使われておりません。おかけになった番号は現在……わレテ……ジジ……ン……ジジジ……ジ…………ザ――……』

久しぶりに聞く女性の声と奇妙なノイズ。背筋に緊張感が張りつく。やがてこもった呼びだし音が鳴りはじめる。鼓動がとくとくと速く音を立てた。鼓動の音にあわせるように呼びだし音が続く。軽く目を閉じると、時間が逆まわしになったように意識があの雨の日、九月三十日に戻っていく。

呼びだし音が途切れた。

かすかなノイズの壁の向こうで、アスファルトを叩く強い雨音が聞こえてくる。

小さく一つ息を吸い、

「春、川……？」

発した声が、自分で制御できずに掠《かす》れて今にも涙が混じりそうになった。

『有海』

雨音の向こうから声が聞こえた。三ヵ月ぶりに聞く声に、あのときと少しも変わらず生々しく食道を灼く痛みが甦《よみがえ》る。次の言葉がでてこずに、震える両手で電話を握りしめた。

灰色の波が足もとのテトラポッドにあたって跳ね返る。

ああ、自分はまだ九月の終わりのあの日のまま、あの雨の中に立ちどまっているのだと、抜けだすことができないでいるのだと自覚する。濡《ぬ》れたアスファルトに被《かぶ》せられた青いビニールシートの前に立ち尽くしたまま、あれから三ヵ月、一歩も動けずにいる。

「春川……会いたいよう……」

電話を握った手の上に、頬を滑った涙がぽたぽたと落ちた。

『何……ゆってんの？　すぐ会えるよ。すぐ、行くから……』

呟《せ》き込みながら途切れがちに話す声。消え入りそうな声にすがるように電話を握りしめて耳に押しあてる。

『あのさ、さっき……電話切れちゃって、言いかけたこと、途中、だったけど……』

「さっき……？」

訊《き》き返して少しのあいだ有海は言葉を失った。

電話の向こうにはまだ、三ヵ月前のあの雨がある。春川はまだあの雨の中で息をしている。交差点で電話が途切れたあのときから、まだ時間は途切れずに繫《つな》がっている。

〈俺、考えたんだ。海の向こうで、誰も知らないところで……一緒に……〉

『あのさ……、誰も知らないとこで、一緒に、また住んだりとか、できるかな……。俺とか今、すげえ駄目だけど……将来のこととか考えられねえし、バカだしガキだし、あんたに迷惑ばっかかけたり、とかして……』

咳が台詞《せりふ》を遮《さえぎ》った。途切れた声の隙間《すきま》から雨音が侵入してくる。「春川っ」握りしめた電話に有海はかじりつくように口を押しあてる。

「春川、何か喋《しゃべ》って、まだ声、聞きたいよ、春川っ、聞こえる？……」

『う……ん。聞こえる』

再び聞こえた声に胸を撫で降ろす。とめどなく涙が頬をつたい落ちる。

『有海』

「うん」

『俺、ちゃんと考えるから……ちゃんと……守るし、頑張るから……』

「うん。わたしも春川を守るよ。ぜったい守るよ」

涙声で有海は頷《うなず》く。会話が途切れないようにと、いつもの二人みたいに、あの頃みたいに話そうと、泣き笑いになりながら明るい話題を引っ張りだす。

「ニューヨーク行ったらさ、ごっつい黒人の人とかいるでしょ。春川、ふらふらしてるから、きっとすぐ目つけられるね。でもわたしが守ったげるよ。カラテで追い返したげるよ。ガイジンは日本人はみんな空手家だと思ってんだよ」

『はは……じゃあ俺も、あんたがイケメンのキンパツについてかないように、守る、し』

「春川こそ、キンパツ美人に浮気しないでよう」

『どうかなあ』

「あ、何それ」

『嘘《うそ》。しないよ。信じろ。有海だけ、だよ……』

周囲を包む風景はあの日、電話が途切れた交差点の真ん中に戻っていた。もう少しで届きそうだった未来が断ち切られる前に。最後まで交わすことができなかった会話が途切れる前に。

有海はあのガラクタ城みたいなお店の前で待っている。約束の六時、春川が迎えにくる。ウォレットチェーンにぶらさがったくたびれたサルとウサギのマスコットを揺らして、いつもと同じ、人懐《ひとなつ》こい笑顔で。

行こっか。

と有海に手を差しのべる。

心配なんか何もしていなかった。子供のままでいてよかった。

九州に着いたらどこに行こうか、何食べようか。アメリカはステーキとピザの国だから、春川きっとどんどん肉がつくよ。似合わないよねえ。気軽な会話を交わしながら、手を繋いで二人で歩きだす。自分のはしゃいだ声が、灰色の雨が煙《けぶ》るショッピングモールの向こうへと遠ざかっていく。

春川ぁ——

花火買ってこうよ。春川、線香花火好きだよねえ。

そうだ、あっちの電信柱まで競走しよう。よーい……、

あっずるい。どんってまだ言ってないよ。

春川、足速い。待ってよう。春川ぁ、

はるかわぁ————……

解説

藤田香織（書評家）

〈『あのね、今年はクリスマスプレゼントいりません。でもサンタさんにお願いがあります。おかあさんとクリスマスがしたいです。……サンタさん、きっとクリスマスにおかあさんをうちに届けてください』〉

〈「他に好きな男がいる女を抱く気はないです、俺は」〉

〈「吐きたくなったらこれにどうぞ。ただし吐いてもやめません」〉

胸が苦しくなる。痛痒《いたがゆ》くて、甘苦くて、ヘラヘラ笑いそうになって、なのに刹那《せつな》的。今しか見えない、相手だけしか見ていない、有海と春川が過ごしたひと夏――。

〈心が擦り切れそうな恋をした――。〉二〇〇六年の夏の終わりに刊行された本書単行本の帯には、そんな、とても印象的な惹句《じゃっく》が記されていました。後に『イチゴミルク　ビターデイズ』の「あとがき」で、作者の壁井さんは、この『NO　CALL　NO　LIFE』について、「いや、擦り切れそうっていうか、擦り切れてるよ！」と多くの方からツッコミを頂戴《ちょうだい》した、と書かれていますが、さもありなん。まだ本文を読んでいない「解説先ヨ

ミ派」の方は、ぜひ今すぐ冒頭のページに向かって下さい。痺《しび》れます。唸《うな》ります。遠い目
になって言葉にならない呟《つぶや》きを漏らすしかなくて、有海と春川の姿に心を沿わせずにはい
られず、だからきっと、あなたの心も「擦り切れて」ドクドクと血を流してしまうでしょ
う。
でも、だけど。
有海と春川の恋は、苦しいだけじゃない。辛《つら》いだけじゃない。痛いだけじゃない。
そう信じさせてくれる強さも、きっと感じられるはず。それは言い換えれば、子供以上大人未満の「少女力」でもあり、壁井さんの作品に一貫してある大きな魅力だと私は思います。
二〇〇三年、第九回電撃ゲーム小説大賞の大賞を受賞し『キーリ　死者たちは荒野に眠る』でデビューした壁井さんは、これまで主に十代の少女を主人公に据えた物語を描いてきました。前出の『イチゴミルク～』のヒロイン・いづみは二十四歳のOLですが、その現在と高校時代が交互に語られる形式で、十七歳＝「少女時代」のエピソードの印象も、とても強い。壁井さんがこれまでずっと「少女」を描いてきたのは、もちろん、ジャンルとしてジュヴナイル系の出身作家で、十代の読者が多いから、という理由もあると思われますが、それ以上に、多感な時期特有の心の動きに作家として眼が逸《そ》らせない、がっつり取り組みたいという欲求があったからに違いないと想像します。

こんなことを言うと、今まさに「少女」時代を過ごしている読者の方をウンザリさせてしまうかもしれませんが、「大人」になると、人はどうしても心が硬くなってしまいがち。多少のことでは動じないし、心が乱れそうな気配を察すると事前に回避する知恵も身につけています。それは何かと厄介な大人社会のなかで自分を守る防御法でもあるのですが、同時に多くの大人たちが、そんな自分をつまらない、と心のどこかで感じているのもまた事実。

そうした意味で「少女」はずっと自由です。心は繊細なのに、行動は大胆。経験値が低いから、状況判断が甘く、本当に「怖いもの知らず」で、だから時として大怪我もする。過剰な自意識を隠す術《すべ》も知らないし、他人との距離感も測れない。でも、その不安定な危うさが、たまらなく愛《いと》しくもあるのです。例えば仮に本書の主人公・有海と春川が三十代の大人だったとしたら、物語の展開はまったく違うものになっていたでしょう（それはそれで壁井さんが書けば面白そうだけど！）。壁井さんの小説が、十代の読者のみならず、年齢的にはもうすっかり大人であるはずの人々の心をも魅了してやまないのは、失ってしまった少女力への郷愁と同時に、無茶《むちゃ》で無謀であるゆえに無敵な十代の少女に、すっかり枯れてしまった自身を投影して読む楽しさがあるからだと思うのです。

それでいて興味深いのは、本書をはじめ壁井さんの作品の舞台設定の多くは、決して「誰もが体験している」系ではないこと。現実には「過去」から電話がかかってくることなんてないし、霊視力バリバリなヒロイン＋「不死人」の青年＋ラジオの憑依霊《ひょうい》という異端トリオの「キーリ」シリーズはもちろん、最新刊『14f症候群』で主人公たちの身に起きる「変化」も、実際には有り得ない（余談ですが、この作品にも「NASA」ネタが出てきて、本書の後に読むとちょっと笑えます）。『エンドロールまであと、』の右布子のように、双子の弟に恋する経験もなかなか出来ないし、「鳥籠荘」もまた然《しか》り。多くの人が生きている現実とは違う、明らかに「虚構」の世界のお話なのに、その枠をつき破るリアリティがあるのです。ファンタジーだけど遠くない。フィクションだけど嘘じゃない。その絶妙なバランスもまた、壁井作品を読む醍醐味《だいごみ》のひとつではないでしょうか。

「子供」はいつか「大人」になる。〈隔離されたテーマパーク〉も、いつか閉園時間がやってくる。それは避けようにも避けられない事実ではあるけれど、一方で年齢を重ねれば誰もが「大人」になれるとも限りません。笑って、泣いて、傷ついて、他人の痛みも知って、迷惑をかけてかけられ、憎み憎まれ、愛し愛され、ぶつかって転がって、積み重なった経験値が人を大人に変えてゆくのです。

その「変化」の過程を書き続けてきた壁井さんは、その先にある主人公たちの、ひいては若い読者の「明日」をきっと信じている。本書のラストシーンは切なさMAXだけど、電話を切った後の有海は、もう〈「自殺、しようかなあ」〉とは言わない（思うことはあっても）と私には確信できます。

最後に。デビュー作のあとがきを「願わくは、再びお目に掛かる機会がありますように」という一文でしめた壁井さんは、本書の単行本でも「願わくは、またお目にかかる機会がありますように」と記しています。『エンドロールまであと、』でも『イチゴミルク～』でもまた同様。けれど、それは、いつからか私たち読者の願いとなり、今はもう、私は作家・壁井ユカコに「次」があることをちっとも疑っていません。個人的にはいつの日か「大人だってそう悪くない」と思わせてくれる小説を書いて欲しいという期待もあるけれど、ジュヴナイルから一般文芸へと進出した壁井さんが、これからどんな世界を見せてくれるのか、本当に楽しみです。

変わってゆく勇気と変わらぬ想いを武器に、今日を、明日を生き抜いて、「またの機会」を共に待ちましょう！

本書は二〇〇六年八月、メディアワークスより刊行
された単行本に訂正を加え、文庫化したものです。

NO《ノー》 CALL《コール》 NO《ノー》 LIFE《ライフ》

壁井《かべい》ユカコ

角川文庫　15792

平成二十一年七月二十五日　初版発行

発行者―井上伸一郎
発行所―株式会社角川書店
東京都千代田区富士見二―十三―三
電話・編集（〇三）三二三八―八五五五
〒一〇二―八〇七八
発売元―株式会社角川グループパブリッシング
東京都千代田区富士見二―十三―三
電話・営業（〇三）三二三八―八五二一
〒一〇二―八一七七
http://www.kadokawa.co.jp
印刷所―暁印刷　製本所―BBC
装幀者―杉浦康平

落丁・乱丁本は角川グループ受注センター読者係にお送りください。送料は小社負担でお取り替えいたします。

定価はカバーに明記してあります。

か 54-1　ISBN978-4-04-394302-9　C0193

角川文庫発刊に際して

角川源義

第二次世界大戦の敗北は、軍事力の敗北であった以上に、私たちの若い文化力の敗退であった。私たちの文化が戦争に対して如何に無力であり、単なるあだ花に過ぎなかったかを、私たちは身を以て体験し痛感した。西洋近代文化の摂取にとって、明治以後八十年の歳月は決して短かすぎたとは言えない。にもかかわらず、近代文化の伝統を確立し、自由な批判と柔軟な良識に富む文化層として自らを形成することに私たちは失敗して来た。そしてこれは、各層への文化の普及滲透を任務とする出版人の責任でもあった。

一九四五年以来、私たちは再び振出しに戻り、第一歩から踏み出すことを余儀なくされた。これは大きな不幸ではあるが、反面、これまでの混沌・未熟・歪曲の中にあった我が国の文化に秩序と確たる基礎を齎らすためには絶好の機会でもある。角川書店は、このような祖国の文化的危機にあたり、微力をも顧みず再建の礎石たるべき抱負と決意とをもって出発したが、ここに創立以来の念願を果すべく角川文庫を発刊する。これまで刊行されたあらゆる全集叢書文庫類の長所と短所とを検討し、古今東西の不朽の典籍を、良心的編集のもとに、廉価に、そして書架にふさわしい美本として、多くのひとびとに提供しようとする。しかし私たちは徒らに百科全書的な知識のジレッタントを作ることを目的とせず、あくまで祖国の文化に秩序と再建への道を示し、この文庫を角川書店の栄ある事業として、今後永久に継続発展せしめ、学芸と教養との殿堂として大成せんことを期したい。多くの読書子の愛情ある忠言と支持とによって、この希望と抱負とを完遂せしめられんことを願う。

一九四九年五月三日